봉신연의 2

지은이 허중림
옮긴이 김장환

도서출판 신서원

역사여행 18 봉신연의 2

2008년 6월 20일 초판1쇄 인쇄
2008년 6월 25일 초판1쇄 발행

지은이 • 許仲琳
옮긴이 • 김장환
펴낸이 • 임성렬
펴낸곳 • 도서출판 신서원
　　　서울시 종로구 교남동 47-2 협신빌딩 209호
전화 : 739-0222·3　팩스 : 739-0224
등록번호 : 제300-1994-183호(1994.11.9)
ISBN 978-89-7940-718-1

신서원은 부모의 서가에서 자녀의 책꽂이로
'대물림'할 수 있기를 바라며 책을 만들고 있습니다.
잘못된 책은 연락주세요.

목차

11 유리성에 서백후를 가두다 ▪ 5

12 진당관에서 나타가 세상에 나오다 ▪ 35

13 태을진인이 석기낭랑을 잡아들이다 ▪ 59

14 나타가 연꽃의 화신으로 현현하다 ▪ 83

15 곤륜산의 강자아가 하산하다 ▪ 111

16 강자아가 비파정을 불태우다 ▪ 133

17 무도한 천자가 채분 형벌을 만들다 ▪ 157

18 강자아가 군주에게 간언하고 반계에 숨다 ▪ 177

19 백읍고가 공물을 바치고 부왕의 죄를 대속하다 ▪ 201

20 은밀히 뇌물을 산의생이 비중·우혼에게 쓰다 ▪ 229

21 문왕이 벼슬을 자랑하다가 다섯 관문을 벗어나다 ▪ 255

22 서백후 문왕이 아들을 토해내다 ▪ 269

美里城囚西伯侯

유리성에
서백후를 가두다

서백후 희창은 천자가 강환초의 상소를 보지도 아니하고 단 한 차례 직간을 했다 해서 강환초를 궐문으로 데리고 나가 소금에 절이는 형벌에 처하려는 것을 보고는 간이 떨리고 허파가 뒤집혔다. 세 사람은 다시 엎드려 아뢰었다.

"'임금은 신하의 머리요, 신하는 임금의 팔과 다리이다'라고 했사온데 폐하께서 신들의 상소를 보지도 아니하시고 곧장 사직의 간성들을 죽이는 짓은 천고에 없는 일입니다. 하오니 문무백관이 어찌 복종하려 들겠습니까? 군신간의 도가 끊어질까 우려되오니 폐하께서는 통촉하소서."

아상 비간이 희창 등의 상소문을 펴니 천자는 하는 수 없이 상소문을 보았다.

신 악숭우·희창·숭후호 등은 상소문을 갖추어 삼가 아뢰옵니다. 나라와 국법을 바로잡기 위해서는 간악한 무리들을 물리쳐 원한을 깨끗이 씻고 부정한 것을 바로잡아 삼강을 다시 세우며 안으로 아첨하는 무리들을 뿌리뽑아야 합니다. 신 등이 듣자오니 성왕이 천하를 다스릴 때는 종묘사직의 근본을 두터이 하는 데 힘써, 고대누각과 연못을 만들지 않았으며 현자를 가까이 하고 간사한 자들을 멀리하며 사냥에 힘쓰지 아니하고 주색에 빠져 음탕한 것을 일삼지도 아니했다 합니다.

지금 폐하께서는 보위를 계승한 이래 훌륭한 정치를 베푸시다가 오늘에 이르러 인덕을 풀지 아니하신 채 날마다 게으름을 일삼고 참언을 믿고 현자를 멀리하면서 주색에 빠져 있습니다. 황후께서는 현숙하고 예의가 있어 덕을 잃어버림이 없었는데도 처참한 형벌을 당했으며, 요사한 달기는 교태와 참언으로써 궁중을 더럽히고 있는데도 오히려 높은 지위로 총애를 받고 있습니다. 또한 태사를 억울하게 죽여 하늘을 살피는 내감(內監)을 잃었고, 대신들을 함부로 처형하여 국가의 기둥을 없앴으며, 포락의 형벌을 만들어 충간을 막고 마침내 자식까지 죽이고자 하여 자애로움이 없습니다. 신 등은 폐하께서 비중과 우혼을 벌하시고 어진 군자만을 가까이 하시기를 바라옵니다.

또한 달기를 참하시어 궁궐을 정숙히 하면 아마도 천하의 민심이 돌아오고 편안해질 수 있을 것입니다. 만약 그러지 않는다면 신들은 그 파국이 어떻게 되는지 모르겠습니다. 신들이 죽음을 무릅쓴 채 진언드리오니, 폐하께서는 신들의 간함을 가납하시어 조속히 시행하소서. 신들은 두려운 마음을 가득히 품고서 삼가 상소문을 갖추어 아뢰옵니다.

천자는 다 보고 나서 대노하여 상소문을 찢어버리고 어탁을 두들기며 크게 호통쳤다.

"이 역신들을 당장 효수하고 나서 보고하라!"

무사들이 일제히 움직여 세 대신을 결박하여 궐문으로 끌고 나갔다. 천자는 노웅魯雄에게 사형을 감독하라고 명한 다음 즉시 형을 집행하라는 교지를 내렸다.

그때 갑자기 오른쪽 반열에 있던 중간대부 비중과 우혼이 쫓아나와 엎드려 아뢰었다.

"신이 짧게 주청하여 감히 폐하의 귀를 번거롭게 할까 합니다."

"두 경은 무엇을 상주하시려오?"

"신은 폐하께 아뢰옵니다. 네 신하가 죄를 범하여 천안天顔을 저촉했으니 그 죄는 용서받지 못할 것입니다. 강환초는 임금을 시해하려 한 죄가 있고, 악숭우는 임금을 질타한 허물이 있으며, 희창은 유창한 말솜씨로 임금을 모독했으며, 숭후호는 무리들을 좇아 거짓말을 일삼았습니다. 그렇지만 신이 여러 사람들의 의견을 들어보니 숭후호는 평소에 충직한 마음을 품고서 힘을 다하여 나라에 보답했다고 합니다. 적성루를 축조하는 데 전심전력했고 수선궁을 축조하는 데 밤낮을 가리지 않았으며, 일찍이 나라에 정성을 다하여 조금도 소홀하지 않았습니다. 또한 숭후호는 무리들을 좇아 부화뇌동했을 뿐 실제는 그의 본심이 아니었습니다. 만약 흑과 백을 분별하지 않는다면 옥석이 한데서 모두 타버리는 것과 같을 것이니, 이는 공이 있는데도 공이 없는 것과 마찬가지가 되어 인심이 복종하려 들지 않을 것입니다. 바라옵건대 폐하께서는 숭후호의 실낱같은 목숨을 부지시켜 후일 공을 세움으로써 오늘의 죄를 용서받을 수 있게 하소서."

천자는 비중과 우혼 두 신하의 간언을 듣고 난 다음에 말했다.

"두 경의 말이 옳도다. 숭후호는 과거 사직에 공이 크니 짐이 그 공로를 저버릴 수 없도다."

천자는 봉어관에게 특별히 명하여 숭후호를 사면시켰다. 두 사람은 성은에 감사한 다음 반열로 들어갔다. 천자는 오직 그들 두 신하의 진언만을 좇았던 것이다.

　한편 오직 숭후호만을 사면하라는 명이 전달되자 대전의 동쪽 반열에서 괴로워하던 무성왕 황비호가 홀을 잡고 반열 중에서 나오고, 아상 비간이 미자·기자·미자계·미자연·백이·숙제와 함께 반열에서 나와 엎드렸다.
　비간이 아뢰었다.
　"삼가 폐하께 아룁니다. 대신은 군왕의 팔과 다리라고 합니다. 강환초는 일찍이 동로를 진압하여 여러 차례 전공이 있으며 지금 임금을 시해하려 했다고 말하는 것도 증거를 찾을 수 없습니다. 그런데도 어찌하여 극형에 처하려 하십니까? 더욱이 희창은 충심으로 나라와 백성을 위했을 뿐이니 실로 나라의 보배로운 신하라고 할 것입니다. 엄숙한 기강과 엄정한 정사를 펼쳐 어버이는 자애롭고 자식은 효성스럽고 형제는 우애가 깊으며, 군신은 한마음으로 살육과 정벌을 일삼지 아니하고 길 가는 이들은 길을 양보하며, 밤에는 문을 잠그지도 아니하고 길에서는 흘린 물건을 주워가지도 아니하게 하여 천하가 우러러보니 실로 그는 천하의 성인이라고 할 만합니다. 또한 악숭우는 무거운 임무를 몸소 맡아 밤낮으로 왕가를 위해 전력했으니 이들 모두가 사직에 공이 있는 신하라 할 것입니다. 폐하께서 불쌍히 여겨 그들의 죄를 용서하여 주신다면 신들의 감격은 헤아릴 길이 없을 것입니다."

이어 황비호가 아뢰었다.

"강환초와 악숭우는 모두 중신들로서 평소에 그릇된 행동이 없었으며 희창은 양심을 지닌 군자로서 평소 하늘의 운수를 잘 헤아렸으니 모두 나라의 동량들입니다. 지금 이들을 하루아침에 죽인다면 어찌 천하신민들의 마음으로 복종하겠습니까? 더구나 지금은 3진의 제후들이 수십만의 무장한 병사들을 거느리고 있으며 날랜 장수도 많습니다. 만약 그들의 신민이 자기 제후가 죄없이 죽은 것을 알게 된다면 어찌 보고만 있겠습니까? 하물며 문 태사가 북해로 원정을 나가 있는데 지금 또 안으로 화의 실마리를 만든다면 나라가 어떻게 편안할 수 있겠습니까? 바라건대 폐하께서 불쌍히 여겨 사면하신다면 국가로서는 크나큰 다행일 것입니다."

천자는 7왕王이 힘을 다하는 간언을 듣자 마음이 흔들렸다.

"짐도 평소에 희창이 충성스러운 신하라는 것을 알고

있소. 다만 부화뇌동하지 말아야 하며 처신을 신중히 해야만 하는 것이오. 우선 여러 경들이 주청한 대로 사면해 줄 것이나 후일에 귀국한 다음 변심하는 일이 있다면 경들이 그 책임을 면하지 못할 것이오. 강환초와 악숭우는 용서받지 못할 반역을 도모했으므로 속히 국법대로 처형할 것이니 경들은 이제 다시는 함부로 상소하지 마시오."

천자는 희창을 사면하라는 어지를 전하고 나서 즉시 봉어관에게 명했다.

"서둘러 강환초·악숭우의 형을 집행하여 국법을 바로잡도록 하라."

그러자 좌측 반열에서 상대부 교격膠鬲·양임楊任 등 여섯 대신이 예를 올리고서 아뢰었다.

"신에게 천하를 편안히 할 수 있는 계책이 있습니다."

천자가 물었다.

"경들은 또 무엇을 상주하시려오?"

"네 사람의 신하가 죄가 있는데 희창을 사면해 주신 것은 바로 7왕이 나라를 위하고 현인들을 위한다는 것입니다. 또 강환초와 악숭우도 모두 훌륭한 신하였습니다. 강환초는 임무가 막중하고 공이 많으며 평소에 덕을 잃어버림이 없었으며 역모했다는 확실한 증거도 없는데 어찌 법에 회부하려 하십니까? 악숭우는 우직하고 굴복함이 없어 성총에 직간을 잘하나 아무런 잘못이 없습니다. 신이 듣건대 임금이 명철하면 신하가 정직하다고 합니다. 임금의 잘못을 충간하는 자는 충신이요, 아첨하는 말로 임금에게 잘 보이는 신하는 간신이라 할 것입니다. 바라옵건대 폐하께서는 두 신하의 무고함을 불쌍히 여겨 사면하시고 본거지로 돌아가 자기 땅을 고루 다스리도록 하게 하소서. 그리하여 군신으로 하여금 요임금과도 같은 훌륭한 천자의 덕을 기뻐하게 하시고 모든 백성들이 교화를 칭송케 하소서. 그렇게 하면 신들은 지극한 감격을 가누지 못할 것입니다."

천자가 노하여 소리쳤다.

"난신이 역모를 조장하고 간악한 무리가 제멋대로 비방했소. 강환초는 임금을 시해하려 했으니 소금에 절여 죽여도 그 죄를 씻기에 부족할 것이며, 악숭우는 임금을 비방했으니 효수에 처하는 것이 그 죄에 합당하오. 여러 경들이 무리를 지어 임금을 속이고 국법을 모독하고 있으니 만일 두 번 다시 짐의 말을 막는 자가 있다면 두 역신과 같은 죄로 다스릴 것이오."

이어서 어지를 전했다.

"무엇을 더 꾸물거리고 있느냐? 서둘러 국법대로 처

형하라!"

양임 등은 천자가 매우 화가 난 것을 보고는 어찌할 바를 몰랐다. 더 이상 간하고자 나서는 자가 없었다. 그리하여 마침내 악숭우는 효수에 처해지고, 강환초는 큰 못을 팔과 발에 박고 난도질당했으며, 그의 시체는 갈기갈기 찢긴 채 육장을 담그는 형벌에 처해지고 말았다.

모든 대신이 눈물을 뿌렸다. 형벌을 관장하는 노옹이 복명하자 천자는 그제야 내전으로 돌아갔다. 간신히 목숨을 부지하게 된 희창은 일곱 대신에게 감사의 예를 표하고는 눈물을 흘리며 하소연했다.

"강환초는 무고하게 처참히 죽었고 악숭우는 간언으로 죽임을 당하고 말았으니 동·남 두 지역이 이제 편안한 날이 없을 것입니다."

여러 사람들도 슬퍼하여 눈물을 흘리면서 말했다.

"두 사람의 시체를 거두어 임시로 땅을 파고 매장해두었다가 훗날을 기다려 다시 엄숙하게 장례를 치르도록 합시다."

한편 죽임을 당한 두 제후의 가병장들이 그대로 성 안에 머무를 리 없었다. 그들은 소식을 듣자마자 야밤을 틈타 몰래 도망쳤다.

다음날 천자가 현경전에 올랐을 때 아상 비간이 상소하여 두 신하의 시체를 거두고 희창을 풀어주어 본국으로 돌아가게 해줄 것을 간청하니 천자가 이를 허락했다.

비간이 명을 받고 조정을 떠나자 옆에 있던 비중이 간했다.

"희창이 겉으로는 충성하는 것 같지만 안으로는 사악한 마음을 품고서 유창한 말로 충신들을 미혹시키고 있습니다. 낯빛은 그럴듯하게 꾸미지만 마음속은 바르지 못하여 선량하다고 할 수 없습니다. 희창을 방면하여 귀국하게 한다면 동로의 강문환姜文煥, 남도의 악순鄂順과 결탁하여 군대를 일으켜 천하를 어지럽힐까 두렵습니다. 이른바 용을 놓아주어 바다에 들어가게 하고 호랑이를 풀어주어 산으로 돌아가게 하는 것이니 훗날 반드시 후회하게 될 것입니다."

천자가 후회의 빛을 띠고 말했다.

"참으로 그럴 법한 충언이로다. 하지만 중신들이 알다시피 사면하라는 조칙이 이미 내려졌으니 천자된 사람으로서 어찌 번복할 수 있겠는가?"

"염려하실 일이 아니옵니다. 신에게 희창을 제거할 수 있는 계책이 있습니다."

"무슨 계책이오?"

"이미 사면을 받은 희창은 반드시 폐하께 예를 올리고 봉토로 돌아갈 것이며 백관들도 희창과 함께 전송례를 행할 것입니다. 그러면 신이 가서 그 허실을 탐색하여 만일 희창이 진정으로 나라를 위한다면 폐하께서 사면하여 주시고 만약 거짓이 발견된다면 희창의 머리를 베어 후환을 제거하소서."

왕은 비중의 의견에 따랐다. 조정을 나간 비간은 곧장 관역에 이르렀다. 좌우에서 통고하니 희창이 문을 나와 영접하고 예를 갖추고 맞았다. 비간이 말했다.

"제가 오늘 편전에서 천자를 알현하고 두 제후의 시체를 거두고 군후를 석방하여 귀국토록 하자고 말씀을 드렸습니다."

희창은 거듭 감사의 절을 했다.

"노전하의 후덕으로 다시 살아난 은혜를 제가 어느 날에나 보답할 수 있으리오!"

비간이 앞으로 나서서 희창의 손을 잡고는 낮은 목소리로 말했다.

"왕성에는 이미 기강이 없어져 지금 아무 까닭없이 대신들을 죽이고 있으니 길조가 아닙니다. 현후께서는 내일 아침 일찍 대궐에 예를 갖추고 나아간 다음 신속히 떠나십시오. 늦으면 저 무리들이 험담하여 또 다른 변고가 생길까 두렵습니다. 간곡히 당부드립니다."

희창이 몸을 굽혀 감사하며 대답했다.

"노전하의 말씀은 진실로 금석과 같습니다. 이 은혜를 어찌 잊을 수 있겠습니까?"

다음날 일찍 희창이 궐문에 이르러 대궐을 향하여 작별인사를 올리고 나서 가병장들과 함께 서문을 벗어나 십리장정에 이르렀다. 무성왕 황비호와 미자·기자·비간 등 백관들이 그곳에서 오랫동안 기다리고 있었다.

희창이 말에서 내리자 황비호와 미자가 위로했다.

"오늘 현후께서 귀국하시는데 저희들이 한 잔 술을 준비하여 전송례를 베풀고 외람되이 한 말씀 올릴까 합니다."

미자가 말했다.

"천자께서 현후를 저버렸다 하더라도 바라건대 선군의 덕을 잊지 마시기 바랍니다. 신하의 절의를 잃거나 망령되이 이단을 만들지 않는다면 저희들은 매우 다행일 것이며 만민도 행복할 것입니다."

희창이 머리를 조아리며 말했다.

"천자께서 죄를 용서해 준 은혜에 감동했고 여러분이 다시 살려주신 덕을 입었으니 제가 죽을 때까지도 천자의 덕에 보답할 수 없을 터인데 어찌 감히 다른 생각이 있을 수 있겠습니까?"

백관이 술을 따랐다. 희백은 주량이 많아 1백여 잔이나 마셨다.

한창 즐겁게 마시는 가운데 문득 비중과 우혼이 말을 타고 와서 술자리를 구비하여 희백과 전송식을 하고자 했다. 백관들은 두 사람이 온 것을 보자 즐겁지 않은 기분이 들어 뿔뿔이 몸을 피해 떠나버렸다.

희창이 감사하면서 물었다.

"두 분 대인께서는 제가 무슨 잘한 일이 있기에 전송까지 나오셨습니까?"

비중이 말했다.

"저희들이 현후의 귀국을 특별히 전송해 드리려 했으나 일이 있어 늦었습니다. 용서하시기 바랍니다."

희창은 이들에게 다른 뜻이 있다는 것을 알아차리지 못하고 두 사람을 보자마자 은근히 기뻐했다. 술잔이 몇 순배 돌자 두 사람은 큰 잔을 가져오라고 한 다음 가득히 술을 부어 희백에게 올렸다. 희백은 술을 받고 허리를 굽혀 감사의 말을 했다.

"큰 덕을 입었으나 어느 날에나 은혜를 갚을 수 있을는지요."

희백은 주량이 대단하여 자신도 모르는 사이에 연거

푸 몇 잔을 더 들이켰다.

비중이 물었다.

"현후께 묻겠습니다. 저는 늘 현후께서 하늘의 운세를 잘 풀어낸다고 들었습니다. 응과應果에 어떤 차이가 있지는 않았는지요."

"음양의 이치는 정해진 운세가 있으니 어찌 표준이 없을 수 있겠습니까? 다만 사람이 이것을 돌아보며 행동하여 잘 대처해 가면 피할 수도 있는 것이지요."

비중이 다시 물었다.

"만약 지금 천자께서 하신 행동이 모두 잘못되었다면 결과적으로 앞으로 어떻게 되리라고 예견하시는지요?"

이때 희백은 이미 술에 취하여 두 사람이 여기에 온 의도를 망각한 채 천자의 길흉을 묻는 질문을 받자 얼굴을 찡그리며 탄식했다.

"나라의 운세가 암담하여 이제 폐하 당대만 전해지고는 대가 끊어질 것이며 그 죽음도 정상적이지는 못할 것입니다. 지금 천자의 행위가 이와 같으나 머지않아 망하리라는 것을 신하된 도리로 어찌 차마 말할 수 있겠습니까?"

희백은 말을 하면서 자신도 모르는 사이에 슬퍼졌다. 비중이 또 그 운세가 언제까지 갈 것인가를 묻자 희백이 대답했다.

"불과 4년에서 길어야 7년을 넘지 못할 것이니 무오년 갑자일일 것입니다."

비중·우혼 두 사람은 길게 탄식하고 다시 잔에 술을 채웠다. 잠시 뒤 두 사람이 또 물었다.

"저희 두 사람이 또 현후께 묻습니다. 저희들의 운명은 어찌 되는지요?"

희백은 그들이 어떤 속셈을 하고 있는가를 의심하지 아니하고 즉각 점괘를 만지면서 한참을 읊조리다가 말했다.

"이 운세는 참으로 기괴하군요."

둘은 웃으면서 물었다.

"어떻습니까? 저희 두 사람의 운세가 어떻게 기괴합니까?"

"사람의 생사가 정해진 운명이 있다고는 하지만, 어떤 사람은 반신불수가 되어 온갖 병에 시달리기도 하고, 또 어떤 사람은 형벌에 처해져 포승에 묶인 채 이리저리 넘어지고 자빠져서 명대로 못 살기도 합니다. 글쎄요. 정확히 알 수는 없습니다만 두 분 대부께서는 참으로 기괴망측하게 죽을 것 같습니다."

둘은 한편으로 뜨끔했으나 계속해서 웃음을 띠면서

물었다.

"결국 어찌된다는 것입니까? 어디에서 죽게 되는 것인지요?"

"무슨 까닭인지는 모르겠지만 앞으로 눈에 덮인 채 얼음 속에서 동사하게 될 것입니다."

희백이 이렇게 대답했다.

훗날 강자아가 기산을 얼려 노웅을 사로잡고 비중과 우혼을 체포하여 봉신대에서 제사를 올리게 되니 희백의 점괘가 틀리지 않았다.

두 사람은 자신들의 비참한 최후에 대한 이야기를 듣고 나서도 미소띤 얼굴로 말했다.

"생은 때가 있고 죽음은 장소가 있다 하니 그럴지도 모르지요."

그리고는 다시 술잔을 치켜들었다.

희백은 건네오는 술잔을 하나도 물리지 않았다. 비중과 우혼 두 사람은 틈을 엿보아 다시 말했다.

"글쎄요. 현후께서는 평소에 자신의 운세가 어떤지 풀어보셨는지요?"

"옛날에 나도 풀어본 적이 있지요."

비중이 물었다.

"현후의 길흉은 어떠신지요?"

희창이 자신은 천수를 누릴 것이라고 대답하자 두 사람은 빈말로 축하했다.

"현후께서는 복록과 천수를 보존하소서."

그렇지만 속으로는 다른 마음이 있었다.

'흥, 천 날 앞일을 내다본다는 자가 당장 내일아침 일은 모르는군.'

희백은 감사를 드렸다. 세 사람은 다시 술을 몇 순배 들었다. 그렇게 얼마나 시간이 흘렀을까? 두 사람이 말했다.

"저희들은 조정에 일이 있어 오래 머물지 못합니다. 현후께서는 부디 전도에 편히 가십시오."

각각 이별을 고했다.

비중·우혼 두 사람은 재우쳐 말에 오르더니 욕설을 퍼부었다.

"머저리 같은 놈, 제 죽음이 눈앞에 닥쳤는데도 뭐 천수를 누릴 것이라고? 그리고 우린 얼어죽을 거라고? 우릴 모독해도 분수가 있지, 빌어먹을 놈 같으니라고!"

그들은 희백의 어리석음을 한바탕 조롱하는 한편 이를 갈며 분노를 터뜨렸다. 그들이 지껄여대는 사이에 어느덧 궐문에 이르렀다. 편전으로 들어 알현하니 천자가 물었다.

"희창이 무슨 말을 하든가?"

"아뢰옵기 황송하오나 소인들의 추측이 맞았습니다. 몹쓸 말로 폐하를 모독했으니 차마 이 자리에서 옮기기 두렵습니다. 생각건대 희창의 죄는 천자를 업신여긴 불경죄에 해당합니다."

"이런 죽일 놈! 짐이 사면하여 귀국하도록 선처했거늘 감읍하지는 못할망정 도리어 짐을 모욕하다니. 고얀 놈이로다! 그래, 그 죽일 놈이 무슨 말로 짐을 모욕했는고? 두려워 말고 들은 대로 전할지어다."

"희창이 운명을 점쳐본 적이 있다 하는데, 국가는 1대를 더 전할 뿐이며 그 기한은 4년에서 길어야 7년을 넘지 못한다 했나이다. 또 폐하께서는 천수를 누리지 못하리라 했습니다."

천자는 참지 못하고 욕설을 퍼부었다.

"그대들은 그놈이 어떻게 죽게 될 것인가를 물어보지 않았는가?"

비중이 대답했다.

"신들도 그에게 물었더니 뻔뻔스럽게도 자신은 천수를 누릴 것이라 했습니다. 희창은 교묘하고도 망령된 말로 사람들의 이목을 어지럽히며, 자신의 생사가 오로지 폐하께 달려 있는데도 오히려 자신은 천수를 누릴 것이라고 했습니다. 이것은 자신이 자신을 속이는 것이 아니겠습니까? 또 저희 두 신의 운수를 물어보니 얼음 속에서 동사할 운명이라고 대답했습니다. 오로지 폐하의 복록에 의지하고 있는 소인들로서 얼음 속에서 동사할 아무런 이유가 없습니다. 하오니 이것이 바로 황당하고 허황된 말을 가지고서 혹세무민하는 것이오니, 폐하께서는 속히 도모하심이 가할 줄로 아옵니다."

천자가 말했다.

"짐의 명을 전하라! 조전晁田에게 명하여 어서 그놈을 잡아와 효수에 처하고, 도성에는 요사스러운 말을 경계하도록 포고하라."

명을 받은 조전이 즉각 희창을 추격했다.

한편 희창은 말에 올라 술이 깬 다음에야 자신이 실언했음을 깨달았다.

"술이 원수로다. 술이 원수로다. 내 이 일을 어찌 수습할꼬!"

희창은 가병장에게 어서 서둘러 떠날 것을 재촉하며 말했다.

"빨리 이곳을 벗어나자. 반드시 후환이 있을 것이다."

모두들 재촉하여 줄을 지어 떠났다. 희백은 말에 올

라 상념에 잠겼다.

'내 운수 중엔 7년 동안 재앙을 당하게 되어 있는데 어떻게 해야만 편히 돌아갈 수 있을까? 분명히 이번 실언으로 시비를 초래했으니 필시 일이 생기고야 말 거야!'

그때 갑자기 나는 듯이 기마 한 필이 달려왔다. 바로 조전이었다.

조전이 크게 호통쳤다.

"희백은 폐하의 성지가 있으니 행렬을 돌리라!"

"조 장군, 나는 이미. 알고 있었소이다."

희백이 말을 멈추게 한 뒤 여러 가병들에게 말했다.

"지금 나의 재앙은 바꿀 수 없으니 너희들은 어서 돌아가도록 하라. 이 모든 것이 하늘의 뜻이로다. 나는 7년이 지난 뒤 편안해진 다음 귀국하도록 할 터이니 백읍고에게 어머님의 말씀에 순종하고 형제간 화합할 것이며 서기의 법도를 바꾸지 않아야 한다고 일러라. 더 이상 할 말이 없으니 너희들은 어서 떠나도록 하라."

여러 가병들이 눈물을 흘리면서 서기를 향해 떠났다. 희창은 조전과 함께 조가로 되돌아왔다. 황비호는 희창이 조전과 함께 궐문에 이르렀다는 소식을 듣자 곰곰이 생각했다.

'무슨 까닭으로 희창이 되돌아왔을까? 비중·우혼 두

간신놈이 희창을 해치려 하는 것인가?'

황비호는 주기周紀에게 "여러 원로대신들께 속히 궐문으로 오시라고 전해라" 명하고는 말에 올라 서둘러 궐문 앞으로 달려갔다.

이때 이미 희창은 궐문에서 명을 기다리고 있었다. 황비호가 황급히 물었다.

"현후께서 떠나셨다가 다시 돌아오신 것은 무슨 까닭이십니까?"

"성상께서 부르시어 되돌아왔는데 무슨 영문인지 알 수가 없습니다."

조전이 복명하자 천자는 대노하여 희창을 빨리 불러오게 했다. 희창은 붉은 섬돌에 엎드려 아뢰었다.

"성은을 베푸시어 석방하여 귀국케 하시더니 이제 다시 부르신 것은 어인 연고인지 알 수 없습니다."

천자는 희창을 크게 꾸짖었다.

"네 이놈! 배은망덕도 유분수지. 석방시켜 귀국하게 했더니 은혜에 보답할 생각은 하지 않고 도리어 임금을 모독하다니 그래도 할 말이 있단 말이냐?"

희창이 아뢰었다.

"신이 비록 어리석으나 위로는 하늘이, 아래로는 땅이, 세상에는 임금이, 태어날 적에는 부모가, 가르침에는 스승이 계심을 알고 있습니다. '하늘·땅·임금·어버이·스승' 이 다섯 말을 신은 한시도 잊어본 적이 없는데 어찌 감히 폐하를 모독했겠나이까? 가령 그러한 일이 있다면 만 번 죽임을 당하더라도 달게 받겠습니다."

천자가 대노하여 말했다.

"네놈은 여전히 교묘한 말을 늘어놓는구나. 네놈이 어떻게 천수를 풀어냈기에 짐을 모독했단 말이냐? 네놈을 용서하지 않겠다."

"옛날 신농 복희씨께서 팔괘를 만드시어 인간사의 길흉화복을 정하신 것이니 신이 고의로 날조해낸 것은 아닙니다. 신은 운수에 근거하여 말한 것에 불과하니 어찌 망령되이 시비를 논할 수 있겠습니까?"

"그럼 시험삼아 짐의 운수를 풀어내고 또 천하가 어떻게 될지를 점쳐보라."

"일전에 폐하의 운수를 풀어보니 불길했기에 비중과 우혼의 물음에 대답하여 길하지 못하다고 했을 뿐 어떤 시비를 거론한 적은 없습니다."

천자가 몸을 일으키며 크게 소리쳤다.

"네놈은 짐이 편안히 죽지 못할 것이고 네놈 자신은 천수를 누릴 것이라고 뽐냈다는데, 그게 짐을 모독한 것이 아니고 무엇이란 말이냐? 이것이 바로 요사한 말로 사람들을 미혹하는 것이니 훗날 반드시 화란을 일으킬 것이로다. 짐이 먼저 네놈에게 천수가 틀렸음을 가르쳐 주겠다."

천자가 즉시 명을 내렸다.

"희창을 잡아 궐문으로 끌고 가 효수에 처하여 국법을 바로잡도록 하라."

좌우무사들이 희창을 포박하려 할 때 어전 밖에서 누군가 크게 소리치는 자가 있었다.

"폐하! 희창을 참해서는 아니됩니다. 신들에게 간언 드릴 글이 있습니다."

천자가 얼른 돌아보니 황비호를 비롯하여 일곱 대신이 엎드려 주청했다.

"폐하! 하늘이 희창을 사면시켜 돌아가도록 하시니 신민이 그 덕을 산처럼 우러르고 있습니다. 더욱이 희창이 풀어낸 운수는 그 옛날 복희씨가 풀어낸 것이지 희창이 날조해낸 것은 아니옵니다. 만약 맞지 않는다 해도 이것은 운수에 근거해서 추측한 것일 뿐이며, 만약 정확히 맞아떨어진다면 희창은 역시 직간하는 군자인 것이지 소인배는 아닌 것입니다. 폐하께서는 작은 잘못을 용서하시는 아량을 베푸소서."

천자가 말했다.

"요망한 술수에 의거하여 감당하지 못할 말로 임금을 비방했는데 이를 어찌 용서할 수 있단 말인가?"

비간이 나섰다.

"신 등은 희창을 돕고자 하는 것이 아니라 실로 국가를 돕고자 하는 것입니다. 지금 폐하께서 희창을 참하시는 것은 작은 일이며 국가의 안위에 대한 일은 큰일입니다. 희창은 평소 명성이 높아 제후에게 추앙받고 군민들은 그에게 복종하고 있습니다. 더욱이 희창이 풀어낸 운수는 이치에 의해 정직하게 추론해낸 것이지 결코 멋대로 날조한 것이 아닙니다. 만약 성상께서 믿지 못하시겠다면 희창에게 현재의 길흉에 대해 풀어보라고 명하소서. 정확히 맞는다면 희창을 용서하시고 틀리다면 요사한 말을 꾸민 죄를 그때 가서 연루시켜도 늦지 않을 것입니다."

천자는 대신들이 힘껏 간언하는 것을 보고 마음이 흔들렸다. 그리하여 희창에게 현재의 길흉을 점칠 것을 허락했다. 희창은 금돈으로 점을 치더니 깜짝 놀라면서 아뢰었다.

"폐하! 내일 태묘에 화재가 발생할 것이오니 속히 종사宗社의 신주를 옮겨두소서. 사직의 근본이 훼손될까 두렵습니다."

"내일이라면 어느 시각에 일어난다는 말이냐?"

"오시 즉 한낮이옵니다."

"그렇다면 희창을 감옥에 가두어 두고 내일의 징험을 기다리도록 하라."

여러 신하들이 궐문을 나서자 희백은 일곱 신하들에게 감사를 전했다. 황비호가 말했다.

"내일 닥칠 액운을 생각해 두셔야만 합니다."

희창이 대답했다.

"천수가 어떻게 되는지 보십시오."

여러 관원들이 모두 흩어져 떠나갔다.

한편 천자가 비중에게 물었다.

"희창이 내일 태묘에 불이 난다 했는데 그 말이 사실이라면 어찌해야 하는가?"

우혼이 아뢰었다.

"명을 내려 태묘와 궁실들을 잘 방비하게 하고, 또 향불도 피우지 못하게 한다면 어떻게 불이 나겠습니까?"

천자는 그 말이 좋다 하고서는 궁으로 돌아갔다.

다음날 무성왕 황비호는 일곱 대신과 함께 왕부에서 오시에 불이 날 일을 살피기로 약속하고 음양관陰陽官에게 시각을 알리도록 했다. 음양관이 오시가 되었음을 알렸다. 그러나 태묘에는 불이 일지 않았다. 여러 신하들이 당황하여 의론이 분분했다.

'희창의 목숨이 예서 끊기는구나!'

그때 갑자기 하늘에서 뇌성벽력이 일며 천지가 진동하는 소리가 들렸다. 곧 음양관이 달려와 복명했다.

"태묘에 불이 났습니다."

비간은 희창의 점괘가 맞은 것에 탄복하는 한편 침울한 얼굴로 탄식하며 말했다.

'태묘에 화재가 생겼으니 우리 은나라는 필시 오래 가지 못하리라!'

여러 신하들은 우르르 왕부로 가서 불이 활활 타는 것을 보았다.

한편 천자가 용덕전에서 문무백관을 모아놓고 조회할 때 봉어관이 나아가 오시에 태묘에 화재가 있었음을 보고했다. 천자는 깜짝 놀라 혼비백산했고 두 간신은 간담이 저려왔다.

'그토록 엄히 방비를 했는데 어찌 불이 났단 말인가!'

천자가 물었다.

"희창의 예언이 과연 증명되었으니 대부들은 이를 어찌 처리했으면 좋겠는가?"

비중과 우혼 두 신하가 아뢰었다.

"하오나 희창의 점괘는 우연히 때가 맞아 떨어진 것일 뿐이니, 어찌 갑작스럽게 사면하여 귀국케 할 수 있겠습니까? 폐하께서 여러 대신들이 다투어 간언하는 것을 두려워 하신다면 희창을 풀어주소서. 다만……"

두 신하가 나지막한 목소리로 계책을 전했다. 듣고 본즉 천자는 그들의 말이 훌륭하다고 생각했다. 이윽고 미자·비간·황비호 등이 알현했다.

비간이 아뢰었다.

"오늘 태묘에 불이 난 것은 희창의 예언이 증명된 것입니다. 폐하께서는 희창이 정직하게 말한 죄를 사면하여 주소서."

천자가 말했다.

"희창의 예언이 적중했으니 죽을죄는 용서하여 주겠소. 그러나 귀국하는 것은 허락할 수 없으니 우선 유리에 머물러 있게 한 다음 후일 국사가 평안해지기를 기다렸다가 귀국시키도록 하겠소."

두 간신의 음모를 알 리 없는 비간 등은 은혜에 감사하면서 물러나와 궐문에 이르렀다. 비간은 희창에게 결과를 전해 주었다.

"현후를 천자께서 특별히 사면시켰습니다만 귀국은

허락지 않으셨습니다. 우선 유리에 몇 달 동안 거처하라 하셨습니다. 현후께서는 인내하면서 천자께서 마음 돌리기를 기다리신다면 자연히 고향으로 돌아갈 수 있는 영광을 얻게 될 것입니다."

희창은 머리를 조아렸다.

"천자께서 저의 목숨을 살려주셨다니 이보다 커다란 은혜가 어디 있겠습니까? 하오니 당장 귀향하지 못한다 해서 어찌 그 뜻을 감히 어기겠습니까?"

감격해 마지않는 황비호가 또 위로했다.

"현후께서는 몇 달 동안만 머물게 될 것입니다. 소관들이 현후를 위하여 힘을 다하리다. 결단코 유리에 오래도록 억류되는 일이 없도록 하겠습니다."

희창은 여러 사람들에게 감사한 다음 곧 궐문 앞에 서서 대궐을 향해 절한 다음 압송관을 따라 유리로 향했다. 유리의 군민과 부로들은 양을 끌고 술을 메고 나와 길가에 엎드려 희창을 맞았다.

"유리가 이제 성인의 눈길을 받았으니 만물이 빛을 발하리라!"

기쁨 마음으로 환영의 분위기가 떠들썩한 성 안으로 희창을 맞이하여 들어가니 압송관은 탄식하며 말했다.

"성인은 마음이 해와 달과 같아 사방을 두루 비추는

구나. 이제 백성들이 희백을 맞이하는 것을 보니 필시 희백의 잘못이 아님을 알겠도다."

희창이 부택府宅으로 들어가자 압송관은 복명하기 위해 도성으로 돌아갔다.

희창이 유리에 온 뒤로 크게 교화가 행해져서 군민들은 즐거이 자신의 생업에 힘썼다. 평온하고 한가한 날들이 계속되자 희창은 복희의 8괘를 반복해서 연구하여 64괘와 360효상爻象을 만들었다.

그런 한편 분수를 지켜 편안히 거처하면서 7년 동안을 지내는데 임금을 원망하는 표정이 전혀 없었다.

한편 천자는 대신을 감금시켜 놓고도 조금도 거리낌이 없었다. 어느 날 원융부元戎府에 보고가 들어왔다. 황비호가 보고를 살펴보니 동백후 강문환이 모반하여 40만 군대를 거느리고 유혼遊魂궁궐을 탈취하고, 또 남백후 악순이 모반하여 병사 30만을 거느리고 삼산관三山關을 점거했으며, 이미 천하 4백여 진의 제후가 모반했다는 것이었다.

황비호가 탄식했다.

"두 진이 반란하여 천하가 바야흐로 황폐해질 것이니 백성들은 어느 날에나 편안해지려는가!"

서둘러 명을 내려 장수들로 하여금 관문과 험한 요새지를 지키도록 했다.

한편 건원산乾元山 금광동金光洞의 태을진인太乙眞人이 신선으로서 1천5백 년 만에 살계를 범했으니 천하가 한바탕 크게 어지러운 다음에야 다시 평정을 회복하게 되었다. 태을진인이 동굴에서 한가로이 여유를 즐길 때 곤륜산 옥허궁의 백학동자가 옥으로 만든 패찰 즉 옥찰玉札을 가지고 왔다는 전갈이 있었다.

태을진인은 옥찰을 받고서 옥허궁을 향하여 예를 갖추었다.

"강자아가 오래도록 하산하지 아니하니 청컨대 사숙께서 영주자靈珠子를 하산케 해주십시오."

백학동자가 태을진인에게 아뢰자 태을진인은 자신이 이미 그것을 알고 있노라고 대답했다. 백학동자는 기쁜 마음으로 곤륜산으로 돌아갔다.

陳塘關哪吒出世

진당관에서
나타가 세상에 나오다

한편 진당관陳塘關에 이정李靖이라는 총병관 한 사람이 있었다. 어려서부터 진심을 닦아 서곤륜 도액진인道厄眞人을 스승으로 모시고 오행도술을 터득했다. 그렇지만 선도仙道는 성취하기가 어려워 결국 하산하여 왕을 보좌하여 군사를 관장하고 인간세상의 부귀를 누렸다.

본처 은殷씨는 두 아들을 낳았는데 큰 아이는 금타金吒라 하고 작은 아이는 목타木吒라고 했다. 은씨는 뒤에 또 아이를 가졌으나 3년 6개월이 되도록 출산을 하지 못했다. 이정은 늘 마음속으로 근심했다.

어느 날 이정이 부인의 배를 가리키면서 말했다.

"임신한 지 3년이 지났는데도 아직 출산을 않고 있으니 요사스럽기 짝이 없소."

부인도 고민을 털어놓았다.

"이번 임신은 분명히 길조가 아닙니다. 밤낮으로 저를 고민에 빠뜨린답니다."

그렇지만 그들 부부로서는 어찌할 도리가 없었다. 그러던 어느 날 깊은 밤 3경에 이르러 부인이 한창 잠에 빠져 있을 때 꿈에 한 도인이 나타났다. 머리에는 두 개의 상투를 틀고 도사차림을 한 채로 부인의 침소로 들어왔다.

부인이 깜짝 놀라 그를 나무랐다.

"도인께서는 몹시도 무례하구려. 여기는 내실인데 어찌 함부로 들어오십니까?"

도인이 부인에게 말했다.

"긴히 전할 말이 있어 실례를 무릅썼습니다. 부인께서는 곧 훌륭한 아이를 낳게 될 것입니다."

부인이 미처 대꾸를 하기도 전에 도인은 어떤 물건을 하나 부인의 뱃속으로 집어넣었다. 부인은 깜짝 놀라 잠에서 깼다. 식은땀이 온몸을 적시고 있었다.

'이것이 무슨 뜻이란 말인가? 도인의 말대로 아기를

낳게 될 것인가?'

부인은 서둘러 남편 이 총병관을 깨워 방금 꿈속에서 있었던 일의 자초지종을 설명해 주었다. 말을 미처 끝내기도 전에 은 부인은 심한 산기를 느꼈다. 이정은 황급히 달려나가 곰곰이 생각해 보았다.

'임신한 지 3년 6개월이 지난 오늘에야 이런 일이 일어났으니 분명 아이를 낳을 터인데 도무지 길흉을 알 수가 없구나!'

어느 틈엔가 시중드는 아이가 다가와 아뢰었다.

"나으리께 아룁니다. 마님께서 요상한 정기를 출산하셨습니다."

이정은 황급히 부인의 방으로 달려 들어가 보검을 집어들었다. 불그레한 기운이 기이한 향취를 뿜으며 방 안을 가득 채우고 있었다. 그 가운데 핏덩어리 하나가 수레바퀴마냥 빙글빙글 돌고 있는 것이 보였다.

이정은 깜짝 놀라 칼로 핏덩어리를 내리쳤다. 그러자 쩍 갈라지는 소리가 나면서 한 동자가 훌쩍 뛰쳐나왔다. 동자는 온통 붉은 광채를 띠며 분을 바른 듯한 얼굴에 오른손에는 금팔찌를 끼고 배에는 붉은 비단을 두른 모습으로 눈부신 금빛 광채를 발산하고 있었다.

이 신성神聖이 인간세상에 내려와 진당관에 태어났으

니 바로 강자아의 선행관先行官이 그였는데 곧 영주자의 화신이었다. 금팔찌는 '건곤권乾坤圈'이며 붉은 비단은 '혼천릉混天綾'이었다. 이 물건은 바로 건원산의 금광동을 지키는 보물이었다.

하지만 그 당장에는 이정이 그 뜻을 알 리 만무했다. 이정은 기이하게 여겨 앞으로 나아가 동자를 안아보았다. 분명히 아기였다. 요괴라고는 하지만 차마 어린 생명을 해칠 수가 없었는지라 부인과 번갈아가며 살펴보았다. 서로가 은애恩愛를 버릴 수가 없어 조심스러우면서도 기뻤다.

다음날 많은 관속들이 찾아와 하례했다. 이정이 이제 그만 끝내자고 할 즈음에 중군관中軍官이 와서 아뢰었다.

"나으리께 아뢰오. 문 밖에 한 도인이 와서 뵙기를 청합니다."

이정은 본래 도문道門이었는지라 어찌 자신의 근본을 잊어버리겠는가! 급히 들어오도록 하라고 분부했다. 도인은 대청에 올라 이정과 예를 마치고 말했다.

"장군! 빈도가 인사드립니다."

이정은 얼른 답례를 하고 도인을 상석에 앉도록 권했다. 도인은 사양치 아니하고 앉았다. 이정이 말했다.

"선생께서는 어느 명산 어느 동부洞府에 계십니까? 지

금 여기에 오셨으니 무엇을 가르치려 하시는지요?"

"보잘것없는 빈도는 건원산 금광동에 있는 태을진인이랍니다. 장군께서 옥동자를 낳으셨다기에 축하를 드리려고 왔지요. 아드님을 한번 보면 어떻겠는지요?"

이정은 도인의 말을 듣고 하녀를 불러 아이를 데려오게 했다. 하녀가 아이를 안고 오자 도인은 아이를 안아보고는 물었다.

"이 아이가 몇 시에 태어났습니까?"

"축시丑時에 태어났습니다."

"좋지 않군요. 이름은 지어두지 않았습니까?"

"예. 황망중이라 미처 짓지 못했습니다."

도인이 감히 말했다.

"제가 아이 이름을 지어준 다음 문도의 제자[徒弟]로 삼는 것이 어떻겠습니까?"

이정으로서는 도인의 말을 따를 수밖에 없었다.

"스승으로 모셨으면 합니다."

"그런데 장군께서는 아드님을 몇이나 두셨는지요?"

"겨우 셋밖에 없습니다. 큰아이는 금타라 하는데 오룡산五龍山 운소동雲霄洞의 문수광법천존文殊廣法天尊을 스승으로 모시고 있고, 둘째아이는 목타라 하는데 구궁산九宮山 백학동白鶴洞의 보현진인普賢眞人을 스승으로 모시고 있습니다. 도인께서 이미 이 아이를 문하에 두고 싶다고 하셨으니 이름을 지어주시리라 믿습니다."

"이 아이는 셋째이니 나타哪吒라 합시다."

"후덕厚德으로 지어준 이름이니 고맙기 그지없습니다."

이정은 감사를 드리며 하인을 불러 도인이 묵을 방을 치우게 했다. 도인은 사양하며 말했다.

"그러실 필요 없습니다. 저는 일이 있어 바로 산으로 돌아가야 합니다."

도인은 한사코 사양했다. 이정도 어쩔 수 없이 마을 어귀까지 나가 도인을 전송할 뿐이었다. 도인은 이정과 작별하고는 곧장 가버렸다.

그날 이정은 갑자기 4백 제후가 천자에게 반란을 일으켰다는 보고를 들었다.

'이것이 어찌된 연유인고? 나라의 장래가 우려되는구나.'

이정이 서둘러 전령을 보내 관새와 협곡을 튼튼히 지키게 하고는 삼군과 병졸을 훈련시켜 야마령野馬嶺의 요새를 굳게 지켰다.

어느덧 세월은 흘러 7년이 지났다. 나타는 일곱 살이 되자 6척의 어른 소년이 되었다. 그때 이정은 동백후 강문환의 반란으로 유혼관에서 두영(竇榮)과 크게 전투를 벌이느라 날마다 삼군의 사졸을 훈련시키는 데 여념이 없었다.

때는 바야흐로 5월, 날은 몹시 무더웠다. 이정의 셋째아들 나타는 무더운 날씨에 마음이 답답하여 어머니를 찾아뵙고 인사를 드린 다음 말했다.

"저는 관문 밖에 나가 잠시 놀고 싶습니다. 어머님께 말씀드리고 가려 합니다."

은 부인이 허락했다.

나타는 가병장(家將)과 함께 관 밖으로 나갔다. 1리쯤을 걸었을까? 나타는 더위로 걷는 것조차 어려웠다. 땀으로 얼굴이 흠뻑 젖었다.

나타가 가병장에게 물었다.

"저 앞쪽 나무그늘 아래를 보세요. 더위를 좀 피할 수 있을까요?"

가병장이 푸른 버드나무 그늘 아래에 이르자 남풍이 살랑살랑 불어왔다. 그리하여 답답한 옷깃을 모두 풀어 젖히고는 얼른 돌아가서 나타에게 말했다.

"작은 주군, 앞쪽 버드나무 그늘 속이 아주아주 시원합니다."

나타는 그 말을 듣고 곧장 숲 그늘로 달려 들어가 의

대를 풀고 옷깃을 열어젖혔다. 가슴마저 풀어젖히니 무척이나 상쾌했다. 얼핏 맑은 물보라를 튀기며 도도히 흐르는 푸른 물줄기를 본 듯했으나, 사실은 양쪽 벼랑에 드리운 버드나무에 솔솔 부는 바람과 언덕 옆으로 어지러이 널린 돌 사이로 졸졸 흐르는 물줄기였다.

나타는 물가로 걸어가 가병장에게 소리쳤다.

"이제 겨우 관문을 빠져나왔을 뿐인데 어찌나 더운지 벌써 몸이 땀투성이요. 잠시 목욕을 할게요."

"조심하세요. 주군께서 돌아오셨을지도 모르니 일찍 돌아가는 것이 좋겠습니다."

"걱정하지 마세요."

나타는 옷을 벗고 돌 위에 앉았다. 일곱 자 길이의 혼천릉을 물속에 넣어둔 채, 몸을 물속에 담가 목욕을 했다. 이 하천이 구만하九灣河로 동해의 어귀라는 것도 모른 채 나타는 혼천릉을 물속에 내려놓음으로써 물빛을 붉게 물들게 했다.

일렁일렁 강 바닥이 흔들리고 흔들흔들 천지가 요동했다. 그러나 나타는 목욕을 하면서도 수정궁水晶宮이 흔들리는 어지러운 소리를 느끼지 못했다.

한편 동해의 오광敖光은 수정궁에 앉아 있다가 수궁

이 흔들리는 소리를 듣자 급히 좌우의 사람들을 불러다가 물었다.

"땅은 흔들리지 않아야 하는데 어째서 수궁이 흔들리는가?"

오광은 바다를 순시하는 야차 이간李艮에게 무엇이 이런 괴이한 현상을 일으키는가를 살피게 했다. 야차가 구만하에 이르러 보니 물빛이 온통 붉고 찬란한 빛을 내는데 한 소년이 붉은 휘장을 물속에 담가놓고 목욕을 하고 있는 것이었다.

야차는 물을 가르며 크게 소리쳤다.

"너는 무슨 괴이한 물건을 가지고서 강물을 붉게 물들이고 수궁을 요동시키느냐?"

나타가 고개를 돌려 물밑 바닥을 살펴보니 짙은 남색 얼굴에 불그레한 머리카락, 커다란 아가리, 흉측한 이빨을 한 형상에 손에는 커다란 도끼를 들고 있는 괴물이 보였다.

나타가 괴물에게 말했다.

"너 같은 짐승이 뭐기에 말도 다 하느냐?"

야차는 매우 성이 났다.

"나는 용왕의 명을 받들어 바다를 순시하는 야차인데 어디에서 함부로 더러운 조동아리를 놀리느냐?"

화가 난 야차는 물을 가르면서 뛰어올라 나타의 머리를 향하여 큰 도끼를 내리쳤다. 나타는 벌거숭이 몸으로 서 있다가 야차가 맹렬하게 달려드는 것을 보고는 몸을 피하면서 오른손에 낀 건곤권을 허공을 향해 들어올렸다.

이 보물은 원래 곤륜산 옥허궁에서 태을진인에게 내려준 보물로 금광동을 지키는 물건이었다. 야차는 이 보물에 머리를 정통으로 맞고 골이 빠개져 즉사했다. 허연 골이 드러나고 붉은 피가 물을 물들였다.

나타는 픽 웃으면서 "건곤권을 더럽혔군" 하고는 다시 돌 위에 앉아 건곤권을 씻었다.

한편 수정궁에서는 난리가 났다. 어찌 궁전이 거의 뒤집혀질 듯한 것을 그저 참고만 있을 수 있겠는가?

오광이 말했다.

"야차가 순시를 나갔는데 여태껏 돌아오지 않으니 어찌된 일인가?"

오광이 말하고 있는 사이 용병龍兵이 보고했다.

"야차 이간이 어린 꼬마녀석에게 맞아죽었습니다."

오광은 깜짝 놀랐다.

'이간은 영소전靈霄殿에서 친필어지를 받고 파견된 자

인데 누가 감히 그를 때려죽일 수 있단 말인가?'

"용병을 소집하라. 내가 직접 가서 어떤 놈인가를 살피겠노라."

오광의 명이 채 끝나기도 전에 용왕의 셋째왕자인 오병敖丙이 나와서 아뢰었다.

"부왕께서는 무슨 일로 진노하십니까?"

오광은 이간이 맞아 죽은 사실의 자초지종을 설명했다. 오병이 말했다.

"그런 일이라면 부왕께서는 마음을 편히 하소서. 소자가 나가 잡아오면 될 것입니다."

오병은 서둘러 용병들을 선발하고 물짐승들을 재촉하여 창과 방패를 꼬나들고 수정궁을 나섰다. 물길을 가르자 그 물결은 산마저 집어삼킬 듯하고 끊임없는 격랑이 여러 척의 물길을 이루었으니 가히 장관이었다.

나타가 그런 기운을 느끼지 못할 리 없었다. 그는 몸을 일으켜 물을 굽어보며 중얼거렸다.

'대단한 물결이로군! 정말 엄청난 격랑이네!'

그때 갑자기 파도 속에서 물짐승 한 마리가 불쑥 솟아올랐다. 그 물짐승의 등 위에서 훌륭하게 옷을 차려입고 용맹스럽게 창을 든 자가 나타에게 소리쳤다.

"어떤 놈이 우리 순시관 이간을 죽였느냐?"

나타는 바로 자신이 그를 죽였노라고 응수했다. 오병은 나타를 힐끗 보고서 물었다.

"어린놈이 겁도 없구나. 네놈은 대관절 무엇 하는 놈이냐?"

"나는 진당관에 있는 이정의 셋째아들 나타라 한다. 나의 부친은 이곳을 지키는 진의 우두머리시다. 내가 이곳에서 더위를 피하여 목욕하고 있었는데 그놈이 와서 내게 욕설을 퍼부었다. 애초에 나는 그놈과는 아무런 상관도 없었고 또한 나는 아무런 잘못이 없다."

나타가 해명하자, 오병은 적이 놀라며 말했다.

"나쁜 놈! 야차 이간은 바로 천왕의 사자이다. 그런데 감히 겁없이 그를 때려죽이고도 오히려 망령된 말을 늘어놓다니."

오병은 창으로 나타를 찔러 사로잡고자 했다. 나타는 손을 내밀어 이를 저지하려 했다.

"잠깐 잠깐, 멈추어라. 너는 대관절 누구냐? 이름이라도 알아야 하지 않겠느냐?"

"나는 동해용왕의 셋째아들인 오병이다."

"오광의 아들인 주제에 망령되게 스스로 뽐내다니. 나를 괴롭히면 미꾸라지 같은 네놈마저 잡아 껍질을 벗겨버릴 테다."

"나를 죽이겠다고? 정신나간 놈이로다. 네놈이 정녕 미쳤구나! 내 명성도 들어보지 못한 모양이니 아주 형편없도다."

오병은 괘씸한 마음을 참지 못하여 창으로 나타를 향해 찔렀다. 나타는 잽싸게 하늘을 향해 7척의 혼천릉을 휙 펼쳤다. 수없이 많은 불덩이 같은 것들이 빙 둘러 쏟아지면서 오병을 휩싸고 물짐승들을 핍박했다.

나타는 신속히 치고 들어가 한 쪽 발로 오병의 목을 밟고서 건곤권을 들어올려 힘껏 그의 몸을 향해 내리쳤다. 용 한 마리가 땅 위에 길게 나가뻗었다. 순식간의 일이었다.

"알고 보니 이놈은 작은 용이었군. 옳지, 이놈의 힘줄을 뽑아다가 아버님 갑옷 띠를 만들어 드려야겠다."

나타는 용으로 변해 죽어 자빠져 있는 오병의 힘줄을 뽑아들고 관으로 돌아왔다. 가병장은 온몸의 맥이 풀려 걷기조차 어려울 만큼 크게 놀라 관문 앞에서 늘어졌다.

나타가 어머님을 뵈니 어머니가 말했다.

"애야, 어디서 놀다오기에 반나절씩이나 걸렸느냐?"

"예, 관 밖에 나가 한가하게 놀다보니 어느새 늦어버렸습니다."

나타는 말을 마치고 후원으로 들어갔다.

한편 이정은 훈련을 마치고 부하들을 해산시킨 뒤 손수 갑옷과 의대를 풀고 후당에 앉았다. 천자가 실정하여 천하의 4백 제후가 반란을 일으켜 밤낮없이 백성들이 도탄에 빠져 있는 현실을 개탄하며 깊은 번뇌에 괴로워했다.

그때 오광은 수정궁에서 용병의 복명을 들었다.

"진당관 이정의 아들 나타가 셋째왕자님을 때려죽이고 힘줄을 뽑아갔습니다."

용병의 보고를 들은 오광은 크게 놀라 말했다.

"짐이 잘못 들었을까 싶구나. 내 아들은 바로 구름을 일으키고 비를 내려 만물을 화육化育시키는 정신正神인데 어찌 그런 일이 있을 수 있단 말인가! 게다가 이정은 서곤륜산에서 나와 동문수학한 벗이거늘 어찌하여 자식의 패악한 행동을 그저 내버려두고 내 자식을 때려죽이는 지경에 이르게 했단 말인가? 이것만으로도 백세의 원한일진대 또 어찌하여 내 아들의 힘줄마저 뽑아갔단 말인가? 영혼과 육신이 갈기갈기 찢기는 듯하도다!"

오광은 즉각 빼어난 무사 한 명을 대동하고 진당관을 찾아갔다. 이정의 집에 도착하여 수문장에게 말했다.

"옛 친구 오광이 찾아왔노라고 이 장군께 전하라."

군정관이 안채로 들어가 이정에게 아뢰었다.

"주군, 밖에 옛 친구 오광이라는 분이 찾아오셨습니다."

이정은 반색하며 말했다.

"도형과 이별한 지 여러 해가 지났는데 오늘 여기에서 만나다니 실로 천행이로다."

이정은 서둘러 옷매무새를 고쳐입고 쫓아나와 오광을 맞아들였다. 오광은 대청에 올라 예를 마치고 자리에 앉았다. 이정이 오광의 노기띤 얼굴을 보고 막 그 이유를 물으려는 참에 오광이 먼저 입을 열었다.

"현제는 훌륭한 자식을 두었구려!"

오광의 비아냥거리는 말에 이정이 웃으며 대답했다.

"장형長兄을 여러 해 만나지 못하다가 오늘 갑자기 만나게 되었으니 실로 천행이라 하겠습니다. 헌데 어찌하여 갑자기 그런 말씀을 하십니까? 소제에겐 세 아들이 있어서 첫째를 금타라 하고 둘째를 목타라 하며 셋째를 나타라 하는데, 모두 명산의 도덕지사를 스승으로 모시고 있습니다. 비록 남에게 칭찬을 듣지는 못한다 하더라도 무례한 아이들은 아닌데 장형께서는 어이하여 그런 말씀을 하시는지요?"

오광이 대답했다.

"내가 어찌 잘못 보았겠소? 그대 아들이 구만하에서 목욕하다가 글쎄 무슨 법술을 썼는지는 모르겠지만 수정궁을 뒤엎어 놓기에 우리 순시관 야차를 보내 살피게 했더니 그를 때려죽였소. 또 셋째아들을 보내 살피게 했더니만 그 아이마저 맞아죽고 말았소. 심지어는 힘줄까지 뽑아가 버렸소이다."

오광은 말이 여기에까지 이르자 자신도 모르게 마음이 쓰라려 발끈 성을 내고 말았다.

"자네는 전후 사정이 이러한데도 변명을 늘어놓으려 하는가?"

이정은 황급히 웃음을 띠면서 대답했다.

"글쎄, 우리 집 아이가 아니겠지요. 장형께서 잘못 아셨을 겁니다. 우리 큰아이는 구룡산에서 무예를 닦고 있고, 둘째녀석은 구궁산九宮山에서 무예를 배우고 있습니다. 그리고 셋째아이는 겨우 일곱 살입니다. 밖에도 나가지 않았는데 어디를 봐서 이런 일이 가당하겠습니까?"

"바로 자네 셋째아들인 나타가 저지른 짓이라네."

"정녕 괴이한 일입니다. 장형께선 조급해 하지 마십시오. 제가 녀석을 불러내 직접 장형을 뵙도록 하지요."

이정이 후당으로 나가자 은 부인이 물었다.

"대청에 계신 분은 누구신지요?"

"옛 친구 오광이라는 사람이오. 누가 그의 셋째아들을 때려죽였는지는 알 수 없지만 나타가 한 짓이라는구려. 지금 나타를 불러내 사실이 아니라는 것을 입증시키려 하오. 나타는 지금 어디 있소?"

은 부인은 마음속으로 '오늘 문 밖에 잠시 나가 있었을 뿐인데 어떻게 이런 일을 저지를 수 있었을까?'라고 생각하면서도 감히 내색은 하지 못하고 후원에 있노라고 대답했다.

이정은 후원으로 들어가 나타를 불렀다.

"나타야! 어디 있느냐? 나타야!"

한참을 불러도 대답이 없었다. 이정은 곧장 해당헌海棠軒 누마루로 가보았다. 문이 잠겨 있었다. 이정이 문 앞에서 크게 부르자 나타가 안에서 그 소리를 듣고는 급히 문을 열고 나와 부친을 뵈었다. 이정이 물었다.

"애야, 너 여기서 뭘 하고 있는 거냐?"

"예. 저는 오늘 심심해서 관문 밖 구만하에 가서 놀았는데, 너무나 더워서 물에 뛰어들어 목욕을 했습니다. 그런데 야차 이간이라는 놈이 나타나 제게 욕설을 해대고 도끼로 저를 찍으려 하기에 도저히 참을 수가 없어 단번에 그놈을 때려죽여 버렸습니다. 또 오병이라는 녀석이 창으로 저를 찌르려 하기에 혼천릉으로 놈을 휘감아 모가지를 발로 밟고 건곤권을 휘둘러 한 대 내리쳤더니 뜻밖에도 한 마리 용으로 변했습니다. 저는 용의 힘줄이 아주 귀한 것이라고 여겨 그놈의 힘줄을 뽑아가지고 왔습니다. 끈으로 만들어 아버님의 갑옷 띠로 쓰시게끔 드리려 했습니다."

나타의 말을 들은 이정은 바보처럼 입을 커다랗게 벌린 채 한동안 아무 말도 하지 못했다. 한참만에야 정신을 차린 이정이 큰소리로 말했다.

"고얀 놈! 네가 한없이 화를 불러일으켰구나. 빨리 나가서 너의 백부를 뵙고 직접 답변해 드려라."

나타는 전혀 뉘우치지 않고 대답했다.

"아버님께서는 아무 염려 마십시오. 알지 못했던 사람은 죄에 연루되지 않는 법입니다. 그리고 힘줄도 달리 어떻게 하지 않았으니 그가 원한다면 원래 상태대로 돌려주겠습니다. 제가 직접 그분을 뵈러 가겠습니다."

나타는 당당하게 걸어가 오광에게 절하며 말했다.

"백부님, 어린 조카가 철이 없어 한때 실수를 저질렀으니 백부께서는 용서해 주십시오. 원래 힘줄 그대로 돌려드립니다. 조금도 어떻게 하지는 않았습니다."

오광은 제 아들 오병의 힘줄을 보더니 눈물이 앞을 가렸다. 겨우 진정하여 이정에게 말했다.

"그대는 이런 못된 자식을 두고 방금 나더러 잘못 보았노라 말했지. 지금 본인 스스로가 인정하고 있는데도 자네 생각엔 그래 그냥 지나쳐 버릴 만하다고 여기는가? 더욱이 내 아들은 정신正神일세. 그리고 야차 이간 또한 용왕의 명을 받드는 자라네. 어찌하여 자네 부자가 이유도 없이 마음대로 때려죽일 수 있단 말인가? 나는 내일 옥황상제께 상소하고 그대 자식의 사부에게 물어 그의 목을 요구하겠네."

말을 마치자 오광은 성큼성큼 걸어 나가버렸다. 이정은 방성대곡했다.

"이 화는 결코 작지 않을 것이로다!"

은 부인은 이정이 서글프게 우는 소리를 듣고 서둘러 앞뜰로 나아갔다. 이정은 부인이 오고 있는 것을 보고는 얼른 눈물을 감추고 한탄을 늘어놓았다.

"나 이정이 선도仙道를 구하다 미처 이루지 못했더니만, 이제 당신이 낳은 그 훌륭한 아들이 이렇게 가문을 망칠 화를 자초하게 될 줄 누가 알았겠소! 용왕이라면 바로 비를 내리게 하는 정신인데 나타가 함부로 살육을 했으니, 만약 내일 옥황상제께서 상주대로 시행하도록 허락하신다면 나와 당신은 하루이틀 사이에 모두 죽어 귀신이 될 것이오."

말을 끝내고 또 통곡했는데 마음이 매우 참담했다. 은 부인도 비오듯 눈물을 쏟으며 나타에게 말했다.

"내가 너를 3년 6개월이나 품고 있다가 겨우 낳았으니 얼마나 많은 산고를 겪었는지 모른단다. 그런데도 네가 집안의 대를 끊을 액운을 만들게 될지 누구인들 알았겠느냐!"

나타는 부모가 통곡하는 것을 보고 불안한 얼굴로 우두커니 서 있다가 무릎을 꿇고 말했다.

"아버님, 어머님! 오늘의 일은 소자가 책임을 지겠나이다. 저는 평범한 부모의 보통자식이 아니라 건원산 금광동 태을진인의 제자입니다. 생각하건대 오광이 저를 어찌할 수는 없을 것입니다. 제가 만약 지금 건원산에 올라가 스승께 여쭌다면 필시 방법이 있을 겁니다. 스승님께선 늘 '혼자서 저지른 일은 스스로 주워담아야 한다'고 말씀하셨으니 제가 어찌 감히 부모님을 연루시키겠습니까?"

나타가 곧장 집을 나서 흙 한 줌을 움켜쥐고 공중에 휙 뿌리자 홀연히 그림자도 없이 사라져 버렸다. 이는 생명 자체가 흙에다 근원을 두고 나온 것이므로 흙을 빌어 자신의 몸을 숨기고 건원산으로 간 것이다.

나타가 건원산 금광동에 다다른 다음 스승의 법지法旨를 기다리고 있었다. 얼마 후 태을진인이 나타났다.

"진당관에 있지 않고 무엇 때문에 이곳에 왔는고?"

"스승님께 아뢰옵니다. 은혜를 입고 진당에서 출생한 지 어언 7년의 세월이 흘렀습니다. 그런데 어제 우연히 구만하에 가서 목욕을 하다가 뜻하지 않게 오광의 아들 오병이 험한 말로 소생의 마음을 상하게 하기에 그의 목숨을 끊어버렸습니다. 지금 오광이 천궁에 상소하고자 하여 부모님은 놀라 어찌할 바를 몰라 하시고 소생 또한 마음이 불안한지라 가르침을 받고자 합니다."

진인은 한참 혼자 생각하다가 말했다.

"네가 아무리 무지하다 하더라도 잘못하여 오병을 죽인 것은 천수天數인 것이다. 지금 오광이 비록 용 가운데 왕으로서 그저 비나 내리고 구름이나 일으킬 뿐이지만, 상천上天에서 징후를 드리웠으니 어찌 미루어서 헤아리지 못했더란 말이냐? 이런 사소한 사건으로 천궁에 면회를 청한다면 사안의 대소를 분별하지 못하는 것이다. 나타야, 이리 가까이 오너라. 그리고 너의 옷을 풀어헤쳐라."

진인은 손가락으로 나타의 앞가슴에 부적 한 장을 그리고 나서 계책을 일러주었다.

나타는 건원산을 떠나 태을진인의 지시대로 곧장 보덕문寶德門으로 갔다. 마침 천궁은 기이한 경치로 자줏빛 안개와 불그레한 구름이 푸른 하늘을 뒤덮고 있었다. 상천을 그리니 다음과 같았다.

처음 상계上界에 올라 얼핏 천당을 바라보니,
금빛 가득한 거리는 붉은 무지개를 토해내고,
천 갈래 상서로운 기운은 자색 안개를 뿜는도다.
남천문南天門을 보니,
짙푸른 유리와 휘황한 보정寶鼎으로 장식되었네.
양편에는 네 개의 큰 기둥이 우뚝 솟았는데,
기둥 위에는 구름을 일으키고 안개를 뿜는
붉은 수염의 용이 그려져 있고,
가운데 두 개의 옥교玉橋에는 울긋불긋한 날개로
창공을 가르는 붉은 머리를 한 봉황이 서 있네.
노을은 찬란히 천광天光을 비추고,
푸른 안개는 어스름 두일斗日을 가렸네.
천상의 서른세 채 선궁 중 유운궁遺雲宮·곤사궁昆沙宮·자소궁紫霄宮·태양궁太陽宮·태음궁太陰宮·화락궁化樂宮에는
용마루에 금을 문 해치獬豸가 새겨져 있고,
일흔두 채의 보전 중 조회전朝會殿·능허전凌虛殿·보광전寶光殿·취선전聚仙殿·전주전傳奏殿에는
기둥마다 옥기린이 새겨져 있네.
수성대壽星臺·녹성대祿星臺·복성대福星臺는
누대 아래에 수천 년을 지지 않는 신기한 꽃들이 있고,
연단로煉丹爐·팔괘로八卦爐·수화로水火爐는
화로 가운데 수만 년 동안 푸른 비단 풀이 피어 있네.
조성전朝聖殿의 강사의絳紗衣는 황금노을이 찬란하고,

동정계彤廷墄 아래의 부용관芙蓉冠은 황금 옥이 휘황하네.
영소보전靈霄寶殿은 금못으로 옥호玉戶를 뚫었고,
적성루積聖樓 앞에는 찬란한 봉황이 붉은 문에서 춤추네.
복도와 회랑은 곳곳에 영롱하게 옥이 조각되어 있고,
서너 겹 처마는 층층이 용·봉황이 날아오르는 형상이네.
윗면에는 자색으로 휘황하고 둥글고 선명한
호로정葫蘆頂이 있고,
좌우로는 꽉 끼인 듯 빽빽하게 마치 메아리가 치는 듯
물방울이 떨어져 내리듯 낭랑한 옥패玉佩소리가 들리네.
정녕 천궁에 가득한 온갖 진귀한 물건들은
인간세상에선 드문 것이라네.
금궐金闕·은란銀鸞은 자부紫府와 나란하고,
기화奇花·이초異草는 요천瑤天과 함께 하네.
임금을 배알하는 옥토끼는 제단 옆을 지나가고,
성인을 참배하는 금까마귀는 나지막이 날아드네.
만약 사람이 복이 있어 천경天境에 온다면,
인간 세상에 떨어지지 않고 더러움을 면할 것이네.

나타는 이윽고 보덕문에 도착했다.

조금 일찍 도착한 터인지라 아직 오광의 모습은 보이지 않았다. 또한 천궁 여러 문들조차 아직 열려 있지 않았기에 나타는 취선문聚仙門 아래에 머물러 서 있었다.

얼마 되지 않아 오광이 조복을 갖추어 입고 딸랑딸

랑 패옥소리를 울리며 남천문南天門에 당도하는 모습이 보였다. 오광은 혼잣말로 중얼거렸다.

'너무 일찍 왔구나. 황건역사가 아직 나오지 않았으니 여기서 잠시 기다릴 수밖에…'

나타는 오광을 보았지만 오광은 나타를 보지 못했다. 그것은 나타가 태을진인이 그의 배에 그려준 은신부隱身符라는 부적 때문이었다.

나타는 오광이 기다리고 있는 모습을 보자 화가 치밀어 올랐다. 성큼 오광에게 다가서더니만 마치 굶주린 호랑이가 먹이를 잡아채듯 손에 든 건곤권으로 일격을 가하여 그를 거꾸러뜨렸다. 그런 다음 잽싸게 그의 등을 발로 눌렀다.

太乙眞人收石磯

태을진인이
석기낭랑을 잡아들이다

나타가 보덕문에서 오광의 등을 밟았을 때 오광은 고개를 돌려 살피고서야 그가 나타라는 사실을 알았다. 오광은 발끈 성을 냈다. 더욱이 지금은 얻어맞고 발에 짓눌려 움직일 수도 없는 지경이 되었으니 이것은 치욕이 아닌가! 오광은 욕설을 퍼부었다.

"간덩이가 부은 놈 같으니! 젖니도 갈지 않고 솜털도 채 마르지 않은 놈이 흉악하게도 친필어지를 받고 파견된 야차를 때려죽이고 또 나의 셋째아들을 때려죽여? 그래, 그 애가 너와 무슨 원수를 졌기에 힘줄마저 뽑아간

단 말이냐? 이런 발칙한 놈! 용서받지 못할 것이다. 그러고도 또 이렇게 정신正神인 나를 못살게 굴고 있으니, 네놈은 육장에 처해지더라도 그 죄과를 다하지는 못할 것이다."

나타는 욕을 먹자 화가 머리끝까지 치밀어 올랐다. 그러나 태을진인의 분부를 생각하면 놈을 단번에 때려죽여버릴 수 없었다.

"네 멋대로 떠들어라. 미꾸라지 같은 네놈을 때려죽이는 것은 그리 어려운 일이 아니다. 내가 누군 줄 아느냐? 내가 아무런 말도 하지 않으니 네놈이 나를 알 턱이 없지. 나는 바로 건원산 금광동 태을진인의 제자인 영주자靈珠子다. 옥허궁의 법을 받들어 진당관 이정의 아들로 태어났다. 은나라가 멸망하려 하고 주왕실이 흥성하려 하게 되는데, 강자아가 오래도록 하산하려 하지 않기에 천자의 조가를 쳐부수고 주나라를 보좌하러 내려온 선행관인 것이다. 내가 우연히 구만하에서 목욕하다가 너의 사람들이 나를 모욕하기에 비록 성급하게 놈들의 목숨을 빼앗기는 했지만 그것이 그리 큰 잘못은 아닐 것이다. 상소를 올리려거든 올려라. 사부님께도 이미 말씀을 드렸으니 미꾸라지 같은 네놈쯤이야 모조리 때려죽이더라도 아무 거리낄 것이 없다."

오광은 듣고 난 다음 더욱더 화가 나서 나타를 향해 말했다.

"형편없는 맹랑한 녀석, 정말 혼이 나야겠구나."

나타가 응수했다.

"네놈이 정 맞기를 원한다면 흠씬 두들겨 주마."

주먹을 들어올려 한차례 기합을 넣고는 순식간에 20여 방의 주먹을 휘둘렀다. 나타가 다시 오광의 조복 한 쪽을 휙 끌어당기자 왼쪽 옆구리 아래로 비늘이 드러났.

나타는 잽싸게 옆구리를 움켜잡아 4·50여 편의 비늘을 뽑아냈다. 오광의 옆구리에서 금방 붉은 피가 흘렀고 골수마저 손상되었다.

오광은 통증을 견뎌낼 수 없었다. 그저 "살려달라!"고 애원하며 소리칠 뿐 더 이상 나타를 대적할 수가 없었다. 나타가 말했다.

"네놈이 나에게 목숨을 구걸한다면 목숨만은 살려주도록 하겠다. 그러나 나를 순순히 따라오지 않는다면 이 건곤권으로 네놈을 때려죽여 버릴 것이다."

오광은 고약한 놈을 만나게 되었음을 한탄하며 따라가겠노라 응낙할 수밖에 없었다. 그러자 나타가 말했다.

"너를 풀어주겠다."

오광이 일어나 따라나서자 나타가 말했다.

"일찍이 들으니 용은 조화를 부려 커지면 곧 천지를 떠받들고 작아지면 곧 겨자씨만큼 되어 몸을 감춘다고 했다. 네놈이 달아나면 어디로 가야 다시 네놈을 찾을 수 있을지 염려스러우니 조그마한 뱀으로 만들어 데려가야겠다."

오광은 하는 수 없이 작은 푸른 뱀으로 변신했다. 나타는 그를 소매 속에 집어넣고 집으로 향했다. 가병장이 서둘러 나타가 돌아왔음을 이정에게 보고했다.

이정은 나타가 왔다는 전갈을 받고 썩 유쾌하지가 못했다. 나타가 돌아와 부친 이정에게 인사를 드리자 이정은 눈썹을 찌푸리며 잔뜩 근심스러운 표정을 지었다. 나타는 이러한 부친의 표정을 보고 자신의 잘못을 빌었다. 이정이 물었다.

"너는 도대체 어디에 갔다가 온 것이냐?"

"남천문에 가서 백부 오광에게 상소할 필요가 없으니 상소를 철회하라고 요청하고 오는 길입니다."

이정이 큰소리로 꾸짖었다.

"이놈아, 무슨 황당한 소리를 하고 있는 거냐? 네가 무엇이기에 감히 천계에 간단 말이냐! 허황된 말로 이 애비를 바보로 만들려느냐?"

"아버님께서는 진노치 마십시오. 지금 백부 오광이 그

것을 증명할 것입니다."

"그래도 이놈이 허튼소리를 그만두지 않는구나. 백부가 지금 여기 어디에 있단 말이냐?"

"여기 있습니다."

나타는 소매 속에서 푸른 뱀 한 마리를 끄집어내어 바닥에 내팽개쳤다. 그러자 한바탕 맑은 바람이 일면서 뱀이 오광으로 변신했다. 이정은 깜짝 놀라 황급히 오광에게 물었다.

"장형께서 어쩌다 이렇게 되셨습니까?"

오광은 크게 성을 내면서 남천문에서 수모를 당한 일을 자초지종 설명했다. 아울러 옆구리의 손상된 비늘을 이정에게 보여주었다.

"자네가 고약한 자식놈을 두어 이 꼴이 되었네. 나는 사해용왕들을 영소전에서 만나기로 약속하여 나의 억울함을 밝히려 했다네. 자네에게 내가 더 이상 무슨 말을 하겠나."

말을 마치자 오광은 다시 맑은 바람을 일으키며 뱀으로 변신했다. 이정은 탄식했다.

"일이 갈수록 커지니 도대체 어쩌면 좋단 말이냐?"

나타는 이정에게 가까이 다가가 무릎을 꿇고 말했다.

"아버님, 어머님! 마음 놓으십시오. 제가 사부님께 구원을 요청했더니 사부님께서 말씀해 주셨습니다. 제가 여기에 태어난 것은 제 뜻대로 태어난 것이 아니라 옥허궁의 부명符命을 받들어 명군을 보좌하기 위해서가로 말입니다. 사해용왕들조차 모두 틀려먹었으니 어떤 일도 상관없습니다. 큰일이 일어난다면 그것은 모두 사부님께서 맡아 해결하실 것이니 아버님께서는 괘념치 마십시오."

이정은 도덕지사로 오묘한 이치에 정통했다. 그 때문에 나타가 남천문에서 오광을 때린 것은 위로 천운을 얻었기 때문이며 거기에는 또한 어떤 까닭이 있으리라는 것을 헤아릴 수 있었다.

은 부인도 끝내 자식을 사랑하는 마음으로 우두커니 옆에 서 있는 나타와 고민에 빠진 이정을 보고 입을 열었다.

"얘! 나타야, 너는 그렇게 서 있기만 할 참이냐? 후원으로 물러가 있어라."

나타는 어머니 은 부인의 말을 듣고 후원으로 물러갔다. 그러나 잠시 앉아 있다가 이내 마음의 근심을 견딜 수가 없었다. 그는 다시 후원을 빠져나와 진당관의 성루 위로 올라가 그곳에서 바람을 쐬고 있었다.

때는 매우 더운 날씨였는데, 나타는 일찍이 이곳에

올라와 본 적이 없었다. 이제 올라와 보니 훌륭한 경치가 눈앞에 펼쳐져 있었다. 끝없이 널따랗게 퍼진 노을, 쭉쭉 늘어진 검푸른 버들 하며, 바라보이는 아득한 하늘은 마치 불덩이를 덮어놓은 듯했다.

길 가는 행인들의 얼굴에서는 땀방울이 흘러내리고 더위를 식히며 노니는 사람들은 연신 부채를 팔락이고 있었다.

나타는 혼자 중얼거렸다.

'왜 이렇게 좋은 곳에서 놀 생각을 미처 못했을까?'

병장기를 올려놓는 대 위에 건곤궁乾坤弓이라는 활과 진천전震天箭이라는 화살 세 개가 나란히 놓여 있었다.

나타는 골똘히 생각했다.

'사부님께서는 나에게 후일 선행관이 되어 은나라를 쳐부숴야 한다고 하셨으니, 만약 지금 활쏘기와 말타기를 익혀두지 않는다면 어느 때에 다시 그것들을 익힐 수 있겠는가? 하물며 지금 이미 활과 화살이 있는데 한번 연습해 보지 않아서야 되겠는가?'

나타는 마음속으로 이러한 기회를 얻은 데 대해 매우 즐거워하며 화살 하나를 꺼내 활에 걸치고 서남쪽을 향해 시위를 당겼다. 시위를 떠난 화살은 '휘잉'하는 메아리를 남긴 채 붉은 광채를 길게 드리우며 날아갔다.

나타는 이 활과 화살이 바로 진당관을 지키는 보물인 건곤궁과 진천전으로, 그 옛날 헌원軒轅황제께서 치우蚩尤를 대파한 뒤 유전되어 오늘에 이른 것이며, 그 이래로 이제까지 그 누구도 손에 잡아본 적이 없었다는 것을 몰랐다.

이제 나타의 손에 의해 쏘아진 화살은 고루산骷髏山 백골동白骨洞까지 날아갔다. 그런데 마침 바구니를 메고 약초를 캐던 석기石磯낭랑의 문하생 벽운碧雲동자의 목구멍을 정통으로 맞혀버리고 말았다.

얼마 후 채운彩雲동자가 벽운동자가 화살에 맞아 죽은 것을 보고 황급히 석기낭랑에게 알렸다.

"벽운 사형이 목구멍에 화살을 맞고 죽었습니다."

석기낭랑이 전갈을 듣고는 황급히 동굴을 나와 산비탈에 이르러 보니 과연 벽운동자가 화살에 맞아 죽어 있었다. 가만히 살펴보니 화살 깃 아래에 '진당관 총병 이정'이라는 자호字號가 쓰여 있었다. 석기낭랑은 노하여 소리쳤다.

"이정 이놈, 네놈은 일찍이 도를 완성하지 못하여 내가 너의 사부께 너를 하산시켜 인간세상의 부귀공명을 누릴 수 있게 해달라고 간청했는데, 이제 너의 지위가 공후公侯에 이르러서는 그 옛날 은덕에 보답할 것은 생각하지 아니하고 도리어 나의 제자를 활로 쏘아 죽여! 이놈, 은혜를 원수로 갚는구나."

석기낭랑은 이어서 소리쳤다.

"채운동자는 동부를 지키고 있도록 해라. 내가 이정을 잡아 이 원한을 꼭 갚도록 하겠다."

말을 마치자 석기낭랑은 청란靑鸞을 집어타고 날아갔다. 금빛 노을이 가없이 펼쳐지고 채색안개가 온통 붉게 물들었다. 선가의 오묘한 방술은 끝이 없어 순식간에 청란이 이미 관문에 이르렀다. 석기낭랑이 공중에서 소리쳤다.

"이정은 냉큼 나와 나를 보아라!"

이정은 누가 자신을 부르는지조차 모른 채 허둥지둥 쫓아나와 바라보니 바로 석기낭랑의 모습이었다.

"제자 이정 인사올립니다. 낭랑께서 난새를 타고 예까지 오시리라고는 미처 몰라 맞이할 준비를 못했습니다. 용서하소서."

이정은 허리를 잔뜩 숙이며 절을 했다. 석기낭랑이 말했다.

"무얼 잘했다고 교묘한 말을 꾸며대고 있는 거냐?"

석기낭랑은 즉시 팔괘운광파八卦雲光帕 띠를 내지르며 황건역사에게 명했다.

"이정을 포박하여 동부로 돌아가자!"

황건역사는 영문도 모른 채 이정을 결박하여 백골동으로 데려갔다. 역사가 이정을 끌어와 그의 면전에 꿇어앉히자 석기낭랑이 말했다.

"이정! 너는 선도를 완성치 못하여 인간세상의 부귀를 얻더니만 이제 와서 누구를 배신하는 것이냐? 지금 근본에 보답할 것은 생각지 아니하고 도리어 간악한 의도로써 나의 제자 벽운동자를 쏘아 죽였으니 무슨 말을 할 수 있겠느냐?"

이정은 무슨 영문인지 알지 못했으니 그야말로 아닌 밤중에 홍두깨 격이었다. 이정이 정신을 수습하여 대답했다.

"낭랑이시여, 제가 지금 무슨 죄를 저질렀는지요?"

"너는 은혜를 원수로 보답하여 나의 문하를 죽였거늘, 진정 그 연고를 알지 못한단 말인가?"

"문하를 죽이다니요?"

"네가 쏜 화살이 벽운동자의 목을 관통하여 그를 죽게 했다."

"화살이 어디 있습니까?"

"화살을 가져와 직접 보게 하라."

이정이 화살을 살펴보니 틀림없는 진천전이었다. 이

정은 크게 놀라 말했다.

"이 건곤궁과 진천전은 헌원황제께서 전하신 것으로 지금까지 진당관을 지켜온 보물인데 누가 제멋대로 사용할 수 있겠습니까? 저는 결코 쏜 적이 없습니다. 바라건대 낭랑께서는 제가 억울하게 누명을 쓰고 있다는 것을 양찰하십시오. 제가 돌아가 화살을 쏜 자를 자세히 조사하여 흑백을 분명히 가릴 때까지 기다려 주시면 무고한 누명을 벗을 수 있을 것입니다. 만일 아무도 그 화살을 쏘지 않았다면 저는 그때 죽게 된다 하더라도 기꺼이 눈을 감을 수 있을 것입니다."

석기낭랑은 이정의 말에 따랐다.

"좋다. 그렇다면 너를 석방해 주겠다. 하지만 만일 조사해 오지 않는다면 너의 사부에게 통고하여 네놈의 모가지를 구할 것이니 그리 알고 떠나도록 하라."

이정은 화살을 가지고 돌아서서 흙을 빌어 몸을 감추고서 관문 앞에 당도했다. 은 부인은 어쩔 줄을 몰라 하다가 이정이 돌아오자 반가이 입을 열었다.

"장군께서는 어쩐 일로 잡혀가셨던지요? 저는 깜짝 놀라 어찌할 바를 몰랐습니다."

이정은 탄식하며 말했다.

"내가 벼슬살이 한 지가 이미 25년이 되었소. 그렇지만 시운이 지금처럼 불길해질 줄을 누가 알았겠소? 관문 위 망루에 건곤궁과 진천전이라는 활과 화살이 있는데, 그것은 바로 이 관을 지키는 보물이오. 그런데 누군가 그 활을 쏘아 석기낭랑의 제자를 죽게 했소. 화살깃에 붙어 있는 내 자호로 인하여 방금 석기낭랑에게 붙잡혀가 생명을 변상하라는 요구를 받았소. 그에게 애원하여 간신히 돌아올 수 있었지만 화살을 쏜 자가 누구인지를 명백히 밝혀내야만 나의 죄가 아님을 증명해 보일 수 있소. 그런데 이 활과 화살은 보통사람들이 들어 움직일 수 없는 물건이니, 어쩌면 나타의 짓인지도 모르겠구려."

은 부인이 대답했다.

"글쎄요. 그럴 리야 있겠습니까? 오광의 일이 아직 끝나지도 않았는데 또 그런 문제를 감히 일으켰기야 하겠습니까? 그리고 설마 나타의 짓이라 하더라도 나타가 그 무겁다는 활과 화살을 들어올리지는 못했을 테지요."

이정은 잠시 생각에 잠겨 궁리하더니 이윽고 좌우 시종들에게 나타를 데려오도록 분부했다. 잠시 뒤 나타가 오자 이정이 물었다.

"너는 네 스스로 말하기를 사부께서 명군을 보필하는 책임을 맡도록 하라 했는데, 어찌하여 궁술弓術과 마술馬術을 배워 후일의 필요에 미리 대처해 두지 않느냐?"

나타는 이정의 유도하는 질문에 선뜻 대답했다.

"저는 열심히 노력하고 있습니다. 앞서 우연히 성루에 활과 화살이 놓여 있는 것을 보고 한 발을 쏘았더니, 붉은 광채를 띠고 자색 연기를 어지러이 날리며 화살이 사라져 갔습니다."

이 말은 즉각 이정을 진노하게 만들었다. 이정이 나타에게 호통쳤다.

"고얀놈! 오광의 아들 오병을 때려죽인 일조차 아직 해결되지 않았는데, 이제 또 밑도 끝도 없이 사고를 쳐!"

나타는 영문도 모른 채 물었다.

"무슨 일이 또 생겼습니까?"

"네가 쏜 화살이 석기낭랑의 제자를 맞혔다. 낭랑께서 나를 붙잡아 잘못을 실토하라고 닦달하다가 나를 풀어주고 화살을 쏜 범인을 색출하게 했다. 그런데 바로 네 녀석이 한 짓이라니! 네가 직접 낭랑에게 이실직고토록 하라."

그제야 나타는 빙그레 웃으며 말했다.

"아버님께서는 먼저 노여움을 푸십시오. 석기낭랑은 어디에 있습니까? 그리고 그의 제자는 어디에 있었답니까? 제가 그를 어떻게 쏘아맞힐 수 있겠습니까? 갑자기 이렇듯 불효자로 몰아세우시니 수긍할 수 없습니다."

"석기낭랑은 고루산 백골동에 계시다. 그리고 제자는 이미 네가 쏜 화살에 맞아 죽었다. 네가 가서 낭랑을 직접 만나뵈어라."

"아버님의 말씀이 사실이라면 함께 백골동이라는 데를 가십시다. 만일 제가 한 일이 아니라면 그를 흠씬 두들겨 패주고 오겠습니다. 아버님께서 앞장서시면 제가 뒤따라서 가도록 하겠습니다."

두 부자는 둔갑법을 써서 함께 고루산으로 갔다. 이정은 고루산에 도착하자 즉시 나타에게 분부했다.

"여기에 서서 내가 들어가 석기낭랑의 법지를 가지고 나올 때까지 기다려라."

이정은 곧장 동굴로 들어가 낭랑을 만났다. 석기낭랑이 물었다.

"그래, 누가 벽운동자를 쏘았는가?"

"저의 못난 아들놈 나타가 일을 벌였군요. 제가 감히 명을 거역할 수 없는지라 동부로 데려와 법지를 기다리고 있으라 했습니다."

석기낭랑은 즉시 채운동자에게 분부했다.

"놈을 즉시 들라 하라."

나타는 동부 안으로부터 누군가가 나오는 것을 보고 먼저 선수를 치는 것보다 좋은 것이 없겠다고 생각했다.

이곳은 석기낭랑의 소굴인만큼 머뭇거리면 오히려 불리해질 것이라 여겼기 때문이었다.

나타는 잽싸게 건곤권을 들어올려 동굴 밖으로 나오는 놈을 내리쳤다. 너무나도 순간적인 일이었는지라 채운동자는 미처 피할 겨를도 없이 목을 얻어맞고 비명을 지르며 그대로 거꾸러졌다. 너무 강하게 얻어맞아 이미 목숨이 위태로운 지경이었다.

석기낭랑은 비명소리를 듣고 황급히 밖으로 달려나왔다. 채운동자가 땅바닥에 쓰러진 채 몸부림을 치고 있었다. 낭랑이 소리쳤다.

"망나니 같은 놈! 감히 흉악하게도 또 나의 제자를 다치게 하다니!"

나타는 석기낭랑이 어미금관魚尾金冠에 대홍팔괘의大紅八卦衣를 걸치고, 삼마신발에 명주끈을 두르고, 태아검太阿劍을 들고 있는 것을 보고서 얼른 건곤권을 집어들어 다시 한 방 내리치려 했다. 낭랑은 그것이 태을진인의 건곤권임을 알아보고 소리쳤다.

"오! 바로 네놈이었구나."

그리고는 손으로 건곤권을 받아쥐었다.

나타는 크게 놀라 잽싸게 7척의 혼천릉으로 석기낭랑을 뒤덮었다. 낭랑이 크게 웃으며 옷소매를 위로 젖혀

한 차례 받아넘기자 혼천릉이 가볍게 낭랑의 소매 속으로 빨려 들어갔다.

석기낭랑이 말했다.

"나타 이놈! 네 사부의 어떤 보물로 나의 도술을 또 시험해 보려느냐?"

나타는 손에 집을 만한 아무런 쇳조각도 없는지라 그저 몸을 돌려 달아날 수밖에 없었다.

석기낭랑은 쏜살같이 나타의 뒤를 쫓았다. 한참을 달려 나타는 건원산으로 올랐갔다. 금광동에 도착하여 동굴문으로 들어가 황급히 사부에게 절을 올렸다.

태을진인이 물었다.

"어허, 어찌하여 이다지도 허둥대는고?"

"석기낭랑이 제가 자신의 도제를 죽였다고 보검을 들고 저를 죽일 듯이 하면서 사부님의 건곤권과 혼천릉을 모두 빼앗아버렸습니다. 지금 저를 뒤쫓아 동굴로 오고 있습니다. 어찌할 방법이 없어 사부님을 찾아왔으니 살려주십시오!"

"이런 골칫덩어리라고는! 빨리 뒤편 도원 속으로 들어가 숨어 있거라. 내 직접 나가서 알아보겠느니라."

태을진인은 나타를 피신시키고 밖으로 나갔다. 석기낭랑이 잔뜩 성을 내며 사납게 쫓아오고 있었다. 낭랑은 태을진인을 보고 머리를 조아리며 말했다.

"도형께 문안드리오."

태을진인이 답례를 마치자, 석기낭랑이 자초지종을 설명했다.

"도형! 도형의 문인 나타란 놈이 도술을 부려 빈도의 벽운동자를 죽이고 채운동자마저 중상을 입혀 놓았습니다. 더욱이 건곤권과 혼천릉으로 나까지 해치려 들었습니다. 도형! 부디 나타를 불러내 나를 만나게 해주십시오. 서로 좋은 얼굴로 대할 수 있다면 피차 순조롭게 모든 일을 해결할 수 있을 것입니다. 그러나 만약 도형께서 그놈을 은밀히 보호해 주신다면 오히려 큰 것을 잃게 될까 염려스럽습니다."

"나타는 나의 동굴 속에 있네. 그를 불러내는 것은 어렵지 않으나 그대는 옥허궁에서 내가 그대의 스승을 가르친 것을 보았을 것이네. 그러니 자네가 자네 스승에게 배운 것은 결국 나에게 배운 것이나 다를 바 없지. 나타는 지금 칙명으로 세상에 태어나 명군을 보필하라는 명을 받았으니 나 혼자 마음대로 어찌할 수 있는 일이 아니네."

태을진인의 대답에 석기낭랑은 피식 웃으며 응수했다.

"도형께서는 뭘 잘못 알고 계십니다. 도형은 지금 나

의 스승을 가르쳤다는 것으로 저를 누르려 하는데, 도형의 제자가 흉악하여 저의 제자를 죽인 잘못을 저질렀는데도 대언大言을 핑계삼아 저를 누르려 하십니까? 비록 제가 도형에 미치지는 못하지만 그놈을 그냥 놔둘 것이라고 여기십니까?"

태을진인이 말했다.

"여보게, 석기! 그대는 그대의 도덕이 맑고 높다[淸高]고 여기겠지만, 그대는 절교이고 나는 천교라네. 우리들이 1천5백 년 만에 살계를 범했기 때문에 인간세상에 태어나 정벌과 주살誅殺로 이러한 액운을 이루게 되었다네. 지금 은나라가 멸망하고 주나라가 흥성하려 하여 옥허궁에서 봉신하고 인간세상의 부귀를 누리는 것이라네. 3교에서 '봉신방封神榜'에 이름을 올릴 때 나의 스승이 나에게 제자들을 가르쳐 인간세상에 태어나 명군을 보좌하게 했네. 나타는 바로 세상에 내려가 강자아를 보좌하여 성탕의 천하를 멸망시키려는 영주자의 화신으로 원시천존元始天尊의 부명符命을 받고 있다네. 이제 그대의 도제를 살육한 것은 바로 천수라고 할 수 있다네. 그런데 어찌 그대는 삼라만상이 모두 승천할 수 있다고 말을 하는가? 그대들 무리는 일체의 근심이나 영욕을 버리고서 수도에 정진하여 천도를 지키는 것이 옳거늘 어찌 경거망동하여 스스로 고상한 도를 손상시키려 하는가?"

절교截教는 은나라를 도와 사도邪道를 펼치는 부류를 말하고 천교闡教는 주나라를 도와 정도正道를 펼치는 모든 선불仙佛이 속하는 부류를 말한다.

석기낭랑은 화가 불길처럼 타오르는 것을 참지 못하고 소리쳤다.

"도는 똑같이 한 가지의 이치인데 어찌 높고 낮은 차이가 있단 말이오?"

"도가 비록 하나의 이치라 하더라도 그 도를 펴는 바에 따라서 각기 달라지는 것일세."

석기낭랑은 대노하여 보검을 들어 태을진인의 얼굴을 향하여 내리쳤다. 진인은 몸을 슬쩍 빼며 뒤로 물러나 다시 동굴로 들어갔다. 그런 다음 검을 집어들고 어떤 물건 하나를 몰래 담더니 동쪽 곤륜산을 향하여 절을 올렸다.

"제자는 지금 이 산에서 살계를 열겠나이다."

태을진인은 말을 마치고 나서 동굴을 나와 석기낭랑을 가리키며 말했다.

"그대는 근본적으로 천박하여 도를 행해도 견고하게 보전하기 어려운데, 어찌하여 나의 건원산에서 자신의 흉포함을 믿고 날뛰는가?"

석기낭랑이 또 한 차례 검을 휘둘렀다. 태을진인은 쏜살같이 검으로 낭랑의 검을 막았다. 낭랑은 원래 일개 잡석雜石으로 수천 년간 도를 닦았으나 아직 올바른 깨우침을 이루지 못하고 있었다. 이제 큰 액운을 만나 자신을 보존할 수 있는 운명을 지키기 어려웠기 때문에 마침내 건원산에 이르게 된 것이었다. 첫째는 석기낭랑의 운명이 다한 것이요, 둘째는 나타가 여기에서 몸을 나타낼 차례였다. 천수가 이미 정해진 터이니 어떻게 그 운명을 피할 수 있겠는가?

석기낭랑은 태을진인과 맞붙어 오르락내리락 접전을 벌였는데, 몇 번 오가지 않았을 때 다만 채색구름만 빛나는 게 보였다. 낭랑은 팔괘용수파八卦龍鬚帕 용수염타래를 공중에 던져 진인을 죽이려 했다. 진인은 웃으며 말했다.

"사악함이 어찌 정의를 침탈할 수 있겠는가?"

태을진인은 입 속으로 중얼거리며 주문을 외더니 손으로 팔괘용수파를 가리키며 석기낭랑에게 말했다.

"이것이 지금 떨어지지 않으면 언제 다시 떨어지겠는가?"

팔괘용수파가 곧장 땅바닥에 떨어져 버렸다. 석기낭랑의 얼굴은 복숭아꽃마냥 붉게 되었다. 태을진인이 말했다.

"일이 이 지경까지 이르렀으니 이제 시행하지 않을 수 없도다."

말을 마치기 무섭게 태을진인은 자신의 몸을 한번 솟구쳐 올라 사정거리 밖으로 뛰쳐나가더니 구룡신화조九龍神火罩 불투망을 공중으로 던졌다. 석기낭랑은 피할 도리 없이 구룡신화조에 뒤덮이고 말았다.

한편 나타는 사부님이 이 물건을 사용하여 석기낭랑을 생포하는 것을 보고 탄식했다.

'일찍이 저 물건을 나에게 주셨더라면 이렇게 힘을 들이지 않아도 되었을 텐데.'

나타는 동굴을 빠져나와 태을진인에게 가까이 다가갔다. 진인은 나타를 보고 걱정스럽게 중얼거렸다.

'어이쿠쿠, 저 고집불통 같은 녀석이 기어코 이 구룡신화조를 보았으니 분명히 달라고 할 텐데. 하지만 지금은 사용할 수 없으니 강자아의 장수가 된 뒤를 기다려 주도록 하마.'

태을진인은 급히 나타에게 소리쳤다.

"나타야, 서둘러 떠나거라. 사해용왕이 옥황상제께 상소를 올리고 너의 부친을 포박해 갈 것이다."

나타는 이 말을 듣고는 가득 눈물이 고여 태을진인에게 애걸했다.

"사부님께서는 제자의 부모님께 자비를 베풀어 주십시오! 자식이 불초하여 재앙을 일으켜 부모님께 누를 끼쳤으니 어찌 마음이 편할 수 있겠습니까?"

나타는 말을 마치고는 목놓아 통곡했다. 태을진인은 이에 나타에게 귓속말로 계책을 일러주었다. 나타는 진인에게 충심으로 감사를 드린 뒤 흙을 빌어 몸을 숨기고는 진당관으로 갔다.

한편 태을진인에게 잡힌 석기낭랑은 투망 속에서 동서남북조차 가릴 수가 없었다. 태을진인이 손으로 한번 두들기자 투망 속에서 뭉게뭉게 연기가 피어오르더니 이내 뜨거운 빛이 생기면서 아홉 마리 화룡火龍이 주변을 빙빙 둘러쌌다.

뇌성이 몰아치며 석기낭랑의 몸을 태워버리자 잡석 한 개가 나타났다. 이리하여 태을진인이 살계를 열게 되었다. 진인은 구룡신화조를 거두고 건곤권과 혼천릉을 들고서 동굴로 들어갔다.

한편 나타가 진당관에 도착하자 집 앞이 떠들썩했다.

사해용왕이 들이닥쳤던 것이다. 여러 가병장들이 나타가 돌아온 것을 보고 급히 이정에게 보고했다.

"소군주가 돌아왔습니다."

사해용왕인 오광敖光·오순敖順·오명敖明·오길敖吉이 막 돌아보자 나타가 매섭게 소리쳤다.

"내가 오병과 이간을 때려죽인 것은 마땅히 내가 보상해야 할 일이다. 어찌 자식이 그 부모를 연루시킬 수 있겠느냐!"

계속하여 나타는 오광에게 말했다.

"내 한 몸은 결코 가벼운 존재가 아니다. 나는 바로 영주자로서 옥허궁의 부명을 받들어 명운에 따라 세상에 내려왔다. 나는 오늘 배를 갈라 창자를 도려내고 골육을 깎아 부모님께 돌려드릴 것이니, 이제 너희들은 더 이상 우리 부모님을 괴롭히지 말아라, 어떠냐? 너희들의 생각은 어떠하냐?"

오광은 이 말을 듣고 즉시 대답했다.

"좋다! 네가 이미 그렇게 한다 하니 사람들이 자신을 죽여 부모를 구한 효성을 알아줄 것이다."

마침내 네 용왕이 나타의 부모를 놓아주었다. 나타는 오른손에 검을 들고서 먼저 어깨와 등줄기를 자르고 난 다음 배를 갈라 창자와 뼈를 발라냈다. 이리하여 나타는 혼백이 흩어져 목숨이 황천으로 가버렸다.

　은 부인은 섧게 울면서 나타의 시체를 관목에 담아 매장했다.

　한편 나타의 혼백은 의지할 곳이 없었다. 두둥실 바람을 따라 이리저리 떠돌다 마침내 건원산에 이르렀다.

哪吒現蓮花化身

나타가
연꽃의 화신으로 현현하다

금하金霞동자가 동굴 안으로 들어가 태을진인에게 알렸다.

"사형이 묘연히 두둥실 바람을 따라와 머물 곳을 정하려 하는데 도대체 무슨 일인지 알 수 없습니다."

태을진인은 그의 말뜻을 알아듣고 얼른 동굴 밖으로 나가 나타의 혼백에게 소리쳤다.

"가거라. 이곳은 너의 안식처가 아니다. 너는 진당관으로 돌아가 너의 모친 꿈에 나타나 아뢰어라. 관에서 40리 떨어진 곳에 취병산翠屛山이라는 산이 있는데 그 산

위에 빈 터가 있으니, 너의 모친에게 그곳에 혼백이 머물 집을 지어달라고 하여라. 그곳에서 3년간 향 연기를 맡으면 다시 인간세상에 환생하여 명군을 보좌할 수 있을 것이다. 서둘러 떠나거라. 지체 말고 어서!"

나타는 그 말을 듣고 건원산을 떠나 진당관으로 돌아갔다. 3경이 되었을 무렵 나타는 향방香房에 들어가 어머니를 불렀다.

"어머니! 저는 나타입니다. 지금 저는 혼백을 깃들일 곳이 없습니다. 어머니께 바라오니 아들이 모진 고통 속에 죽었음을 불쌍히 여겨 취병산 위 공터에 저를 위하여 머물 집을 세우고 향을 살라 천계에 의지할 수 있게 해주십시오. 그렇게 해주신다면 어머님의 자애로우신 덕에 감동함이 하늘 연못보다 깊을 것입니다."

부인이 놀라 깨어보니 꿈이었다. 부인은 큰소리로 흐느꼈다. 이정이 영문을 몰라 물었다.

"아니, 부인은 어찌하여 잠자다 말고 눈물을 흘리는 게요?"

부인은 꿈속의 일을 낱낱이 이정에게 이야기했다. 이정이 벌컥 화를 내면서 말했다.

"당신은 어찌하여 우는 게요? 그 녀석이 우리에게 끼친 해를 잊었단 말이오? 당신이 그 녀석을 마음속에서 잊지 못하고 있어 그런 것이오. 하등 이상하게 여길 필요가 없소이다."

은 부인은 아무런 대꾸도 하지 않았다.

그런데 그 다음날에도 나타가 꿈에 나타나 똑같은 부탁을 하고 그 다음날도 또 그러했다. 그러는 사이에 어느덧 30여 일이 지났다. 나타는 생전에 용맹했던 것처럼 혼백조차도 굳세고 용맹했다. 마침내 그는 꿈속에서 어머니에게 말했다.

"어머니! 제가 여러 날 동안 간곡히 부탁드려 왔습니다만 어머니께서는 저의 고통스럽던 죽음을 생각하지 않으시니, 그렇다면 온 집안을 떠들썩하게 만들어 버리렵니다!"

부인은 꿈에서 깨어난 다음 이정에게 감히 이야기할 수 없었다.

마침내 은 부인은 몰래 심복을 데리고 취병산으로 갔다. 공사를 일으켜 집을 완성하고 나타의 신상神像을 만들기 시작한 지 열 달이 걸려서야 모든 일이 끝났다.

쉴 곳을 찾은 나타는 곧 영험을 보이기 시작했다. 소문이 나자 사방의 사람들이 모두 찾아와서 분향했는데, 마치 개미가 모여들 듯 날마다 그 행렬이 그칠 줄을 몰랐다.

어느덧 세월은 흘러 반년이 지났다.

한편 동백 강문환姜文煥이 아버지를 위해 원수를 갚고자 40만의 군대를 출정하여 유혼관에서 두영竇榮과 격전을 치렀는데 두영으로서는 그를 대적할 수 없었다. 그때 이정은 야마령野馬嶺에서 삼군을 훈련시키면서 요새지를 단단히 지키고 있었다.

어느 날 이정은 군대를 회군시켜 취병산을 지나다가 향을 올리려는 남녀가 개미떼마냥 늘어서서 문전성시를 이루고 있는 것을 보았다.

이정은 말 위에서 부하에게 물었다.

"이 산은 취병산이 아닌가? 그런데 어찌하여 이토록 많은 사람들이 모여드는가?"

군정관이 대답했다.

"반년쯤 전에 어떤 신도神道[귀신에 대한 존칭]가 여기에서 현성顯聖에 감응한 이래 모든 기원에 영험한 효능을 발휘하여, 재앙을 물리치는 기원을 올리면 재앙이 제거되고 복을 비는 제사를 올리면 만복이 이른답니다. 그리하여 사방의 남녀들이 향을 사르고 기원을 하느라 성황을 이루는 것입니다."

이정은 군정관의 설명을 듣고 난 다음 골똘히 생각

하더니 다시 물었다.

"여기 있는 신의 이름이 무엇이라 하던가?"

"예, 나타랍니다."

이 말을 들은 이정은 크게 진노했다. 그리고는 분부했다.

"여기서 기다려라. 내 산에 올라가 향을 올리고 오겠다."

행군이 멈추자 이정이 말을 몰아 분향하러 산을 오르니 사람들이 길을 비켰다. 이정이 묘당 앞에 이르니 거기에는 '나타행궁哪吒行宮'이라는 큰 편액이 걸려 있었다.

묘당 안으로 들어가니 나타의 형상이 마치 살아 있는 듯 우뚝 서 있고, 좌우로 나찰들이 호위하듯 서 있었다. 이정은 고함을 질렀다.

"이놈아! 살아서는 늘 부모를 걱정시키더니 이제 죽어서까지 백성들을 현혹시키느냐."

이정은 육진편六陳鞭 채찍을 휘둘러 나타의 금신金身을 박살내 버렸다. 그리고 나찰들을 발로 차 넘어뜨리고 짓밟았다.

"불을 질러라! 묘당을 모조리 태워버려라!"

이정은 부하들에게 명하고 아울러 향을 올리는 사람들에게도 말했다.

"이는 신이 아니니 향 올리는 것을 그만두도록 하라."

사람들은 크게 놀라 서둘러 산을 떠났다. 이정은 말에 올라서도 영 마음이 풀리지 않았다.

이윽고 이정의 군사들은 진당관의 저택에 당도했다. 이정이 말에서 내려 인마를 해산시키라 명하고 뒷마루로 들어가자 은 부인이 그를 맞이했다.

이정은 부인을 나무랐다.

"당신이 낳은 나타 녀석이 우리에게 끼친 걱정이 적지 않았는데, 지금 또 그 녀석을 위해 묘당을 만들어주어 양민들을 현혹시키게 하다니, 부인은 정말 우리 인생을 망치고 싶어 그러는 것이오? 지금은 권신들이 정권을 좌우하고, 게다가 나는 지금 비중·우혼 등과 서로 교유가 없질 않소? 혹시 다른 누가 조가에 이 일을 전하기라도 하여 간신들이 날더러 사신邪神을 내리게 했다고 참소한다면, 여러 해 들인 공이 하루아침에 무너져 버리게 될 것이오. 그런데도 이런 일을 그것도 부인이 저질러서야 되겠소? 오늘 내가 오는 길에 나타의 묘당을 모두 불태워버렸소. 만일 다시 거처를 마련해 준다면, 그땐 더 이상 부인과 마주하지 않을 것이니 그리 아시오."

한편 나타는 그날 무엇인가에 정신이 팔려 행궁에 있지 않았는데, 돌아와 보니 묘당은 온데간데없고 산은 불타버린 채 여전히 화염과 연기가 솟아오르고 있었다. 두 명의 나찰이 눈물을 머금고 와서 맞이했다.

"진당관의 이 총병께서 갑자기 산에 올라와 금신을 부수고 행궁을 불태워 버렸습니다. 글쎄 무슨 영문인지 알 수 없습니다."

나타는 탄식했다.

"이제 나와는 아무런 관계가 없는 분이, 더욱이 골육마저 돌려드렸거늘, 어찌하여 나의 금신을 부수고 심지어는 행궁마저 불태워 머물 곳조차 없게 한단 말인가!"

나타는 매우 울적했다. 한참 동안 깊은 생각에 잠겨 있다가 소리쳤다.

"그렇지. 건원산으로 한번 가봐야겠다."

나타는 이미 반년 동안 향 연기를 맡아서인지 조금의 형성形聲을 느낄 수 있었다. 금세 높은 산에 올라 어느덧 동굴에 도착했다.

태을진인은 나타가 온 것을 보고 말했다.

"행궁에서 향 연기를 맡지 않고 어인 일로 또 여기에 왔느냐?"

나타는 무릎을 꿇고 진인에게 아뢰었다.

"부친 이 총병께서 저의 금신을 부수고 행궁을 불태워 버렸습니다. 제자는 이제 또다시 의지할 곳이 없게 되어 사부님을 찾아뵈었으니 구원을 내려주십시오."

"이는 필시 이정의 잘못이다. 이미 골육을 부모께 돌려드렸으니 너와 그는 아무런 관련이 없는 처지이다. 그런데도 너에게 향 연기를 맡지 못하도록 만들어버렸으니, 네가 어찌 다시 환생할 수 있겠느냐? 또한 강자아의 하산이 임박하지 않았는가? 좋다. 내 이미 너를 돕기로 했으니 너에게 좋은 방법을 일러주겠다."

태을진인은 금하동자를 불러 분부했다.

"오련지五蓮池 안에 있는 연꽃 두 송이와 연잎 세 장을 따오너라."

금하동자가 서둘러 연꽃과 연잎을 따다가 바닥에 갖다놓자, 태을진인은 연꽃의 꽃받침을 펼쳐 3재才를 만들었으며 또 연잎줄기를 3백 마디로 꺾어 각각 세 연잎을 상·중·하에 따라 천·지·인으로 안배해 두었다. 그런 뒤 금단金丹 한 알을 그 가운데에 집어넣고 선천수先天數에 따라 기를 아홉 차례 운용하여 이괘離卦의 용과 감괘坎卦의 호랑이를 나누고는 나타의 혼백을 잡아 연 속으로 밀어넣으며 소리쳤다.

"나타는 사람형상을 이루도록 하라!"

한 차례 무슨 소리가 나더니만 한 사람이 뛰쳐나왔다. 얼굴은 분을 바른 듯하고 입술은 붉은 칠을 한 듯하며 눈은 정광精光을 발산했다. 1장 6척의 키를 지닌 사내로, 이것은 바로 나타가 연꽃으로 다시 환생한 것이었다. 그는 사부 태을진인을 보고 땅에 엎드려 절했다.

진인이 말했다.

"이정이 신상을 망가뜨린 일은 실로 마음 아프다."

나타가 나서며 말했다.

"사부님께서 여기 계신 이상 그 원수는 정녕 행복을 구하기 어려울 것입니다."

태을진인은 도화원으로 들어가 나타에게 화첨창火尖鎗을 건네주었다. 나타는 금세 화첨창을 익숙하게 다룰 수 있었다. 나타가 서둘러 하산하여 자신의 원한을 갚으려 하자 진인이 분부했다.

"나타야. 이제 너의 창법은 매우 훌륭하다. 너에게 각답풍화이륜脚踏風火二輪 수레와 영부靈符의 비결을 내려주노라."

아울러 진인은 또 표피낭豹皮囊 자루 하나를 건네주었는데, 거기에는 건곤권과 혼천릉 그리고 커다란 금벽돌 하나가 들어 있었다.

"냉큼 진당관에 한번 다녀오너라."

진인이 말을 마치자 나타는 사부에게 작별인사를 하고 풍화륜에 올라 날듯이 관으로 갔다.

나타는 진당관에 도착하자 즉시 저택으로 들어가 크게 소리쳤다.

"이정은 냉큼 나와 나를 보라!"

군정관이 깜짝 놀라 이정에게 보고했다.

"주군! 밖에 셋째소군이 와서 주군의 이름을 부르고 있습니다. 어찌된 영문인지는 알 수 없습니다만 속히 주군께서 나가 진정시켜야 할 듯합니다."

보고를 들은 이정이 큰소리로 군정관을 나무랐다.

"미친 소리를 하고 있구나! 사람이 어찌 다시 살아날 리가 있단 말이냐?"

말이 미처 끝나기도 전에 또 다른 부하가 이정에게 보고했다.

"주군! 주군께서 속히 나가지 않으시면 안으로 쳐들어올 것입니다."

이정은 크게 놀라 황급히 창을 꼬나쥐고 청총마에 올라 밖으로 나갔다. 나타가 각답풍화이륜을 타고 화첨창을 꼬나쥔 모습은 예전 나타의 모습과는 사뭇 달랐다. 이정은 노여움에 벌컥 소리쳤다.

"이런 짐승 같은 놈, 살아생전에는 기괴한 짓거리를 일삼아 무던히도 속을 썩이더니만, 죽은 뒤에도 귀신이 되어 또 나를 괴롭히느냐!"

나타도 지지 않고 말했다.

"이정! 나는 이미 골육을 당신에게 돌려주었다. 그러므로 그대와 나는 서로 아무런 인연도 없다. 그런데도 어찌하여 취병산에 올라와 나의 금신을 채찍질하고 행궁을 불살라버렸는가? 내 오늘 너를 잡아 그 원한을 풀려 하노라."

나타는 창을 번쩍 들어 이정의 머리를 쪼개려 했다. 이정도 화극畵戟을 흔들며 대응했다. 말과 수레가 빙빙 돌며 창들이 한데 맞부딪쳤다.

나타는 무지막지한 힘으로 15차례나 겨룬 다음에 이정을 향하여 돌진해 들어가니 이정의 말이 놀라 나뒹굴었다.

이정은 맥이 풀리면서 등에 식은땀이 흘렀다. 더 이상 견딜 힘이 없었으므로 할 수 없이 동남쪽을 향해 달아났다. 순간 나타가 크게 소리쳤다.

"이정! 내가 그대를 용서하리라는 생각은 하지 않겠지. 내 너를 죽이지 않는 한 결코 돌아가지 않으리라."

나타는 이정의 뒤를 추격했다. 얼마 되지 않아 이정을 따라잡을 수 있었다. 과연 나타의 풍화륜이 빨랐고 이정의 말은 더뎠다. 이정은 당황하여 말에서 뛰어내리더니 둔갑법을 써서 몸을 감췄다.

나타는 한바탕 웃으며 말했다.

"오행의 도술은 도가에서는 너무나도 평범한 것! 설사 토둔법土遁法을 써서 숨는다 한들 내가 너를 놓아줄 듯싶으냐?"

발을 굴러 풍화이륜에 오르니 풍화風火의 진동소리가 구름 속에서 번개를 제압하듯 맹렬한 기세로 추격을 벌였다.

이정은 혼자 생각했다.

'이번에 따라잡히면 필시 창에 맞아 죽을 것이니 어찌하면 좋을까?'

이정은 나타가 자신을 막 붙잡으려 하는 위급한 순간 누군가가 부르는 노랫소리를 들었다.

맑은 물 연못가에 뜬 밝은 달,
푸른 버들 둑에는 복사꽃.
유달리 색다른 청아한 맛,
창공을 나는 몇 조각 구름.

이정이 살펴보니 어떤 도동이 발건髮巾을 이마에 쓰고 소매 넓은 도포에 명주로 짠 신발을 신고 있는 것이 보였다. 그는 바로 구공산九公山 백학동 보현진인普賢眞人의

"해도海島에 이를지라도 내 너를 반드시 쫓아가 너의 수급을 거두어 나의 원한을 씻을 것이다."

이정은 앞을 향해 달아났다. 마치 숲을 잃어버린 새 마냥, 구멍 뚫린 그물을 빠져나오려고 아우성치는 물고기 마냥 허둥대며 동서남북을 가리지 않고 내달렸다. 몇 시각을 족히 달아나더니 이윽고 스스로 체념한 듯 한탄했다.

"그래, 끝장이구나. 내 전생에 무슨 죄를 저질렀는지 모르겠으나 선도仙道도 못 이루고, 또 이런 허물을 만들어내고 말았구나. 이왕지사 이렇게 된 바에야 차라리 자결하여 자식의 손에 죽임을 당하는 치욕은 면하리라."

이정이 자결하려는 순간 누군가가 그에게 소리쳤다.

"이 장군은 손을 멈추시오. 빈도가 왔습니다."

그는 노래를 불렀다.

들녘엔 맑은 바람이 버들잎을 스치고,
연못엔 꽃잎 떠다니네.
묻노니, 어디에 사시는가?
흰 구름 깊은 곳, 거기가 내 집이라네.

그는 바로 오룡산五龍山 운소동雲霄洞의 문수광법천존文

殊廣法天尊이었다.

이정은 그에게 애걸했다.

"도사께서 이 보잘것없는 장수의 목숨을 부지해 주소서!"

광법천존이 말했다.

"그대는 동굴로 들어가 있으시오. 내가 여기에서 그를 기다리겠소."

잠시 뒤 나타가 기세등등 풍화륜을 타고 창을 어깨에 멘 채 다가왔다. 나타는 산비탈에 한 도인이 서 있는 것을 보고 그에게 물었다.

"방금 어떤 장수가 지나가지 않았습니까?"

광법천존이 대답했다.

"방금 이 장군이 나의 운소동으로 들어갔네만 그대는 왜 그를 찾는가?"

"도사님, 그는 저의 원수입니다. 그를 동굴 밖으로 내보내 주십시오. 저는 도사님과 아무 관련이 없습니다. 하지만 만약 그를 달아나게 하신다면 그를 대신하여 도사님을 3창鎗으로 살육할 불행이 올지도 모릅니다."

"네놈은 대관절 누구더냐? 누구이기에 나를 3창으로 살육하겠다는 거냐?"

나타는 그가 누구인지 알지 못한 채 다시 말했다.

"저는 건원산 금광동 태을진인의 제자인 나타요. 도사는 저를 얕봐서는 안될 것입니다."

"태을진인의 제자 중에 나타라는 자가 있다는 말은 일찍이 들어본 적이 없다. 다른 곳에서는 네 마음껏 날뛰더라도 그냥 내버려 두겠지만 이곳에 온 이상 멋대로 행동하게 놔둘 수는 없다. 만일 제멋대로 행동한다면 도원에 잡아넣은 뒤 3년을 매달아 둔 채 곤장 2백 대를 칠 것이니라."

나타는 광법천존이 아주 완고하여 더 이상 말이 통하지 않으리라는 것을 깨닫고 창을 세워 광법천존을 찌르려 했다. 광법천존은 몸을 빼 자신의 동굴 안으로 달아났다. 나타는 풍화륜을 집어타고 뒤쫓았다.

광법천존은 나타가 가까이 다가온 것을 보고 소매 속에서 둔룡장遁龍樁과 칠보금련七寶金蓮을 꺼내 허공을 향해 던졌다. 갑자기 바람이 사방에서 일고 구름이 어지러이 퍼지며 흙과 먼지가 일어났다. '꽝!' 하는 소리와 함께 나타는 동서남북을 분간할 수 없더니만 어느새 그의 목에 금고리가 채워지고 양쪽 다리에는 두 개의 금족쇄가 채워진 채로 누런 금기둥에 세워져 있었다. 나타가 정신이 들었을 때는 몸을 전혀 움직일 수 없었다.

광법천존이 말했다.

"고얀놈, 어디라고 마음대로 까불어!"

광법천존이 금타를 불러 곤장을 가져오게 했다. 곧 금타가 들고 와서 앞에 내려놓았다.

"나를 대신하여 곤장으로 이놈을 매우 쳐라."

광법천존의 명을 받은 금타가 곤장을 움켜들고 나타를 힘껏 내리쳤더니, 나타 몸의 일곱 구멍에서 삼매진화三昧眞火가 뿜어져 나왔다.

"에구구, 사람 살려!"

나타는 자지러지듯 비명을 질러댔다. 그것은 진정 엄살이 아니었다. 눈물이 저절로 찔끔거리며 나왔다.

"도사님, 잘못했습니다요. 한번만 용서해 주십시오."

그제야 광법천존은 곤장치는 것을 멈추게 하고 금타와 함께 동굴로 들어가 버렸다.

나타는 엉덩이를 연신 비벼대며 곰곰 생각해 보았다.

'이정을 뒤쫓다 그를 놓쳐버리고 엉뚱하게 도인을 만나 곤장을 얻어맞다니.'

나타는 얻어맞은 자리가 너무 욱신거려 제대로 움직일 수조차 없었다. 이를 갈며 증오를 불태웠지만 나타는 어쩔 수 없이 그곳에 우두커니 머물러 있을 도리밖에 없었다.

이것은 분명 태을진인이 나타를 이곳에 보내 그의

살성殺性을 고치도록 만든 것이니, 진인은 이미 이러한 사정을 익히 알고 있었다.

나타가 고민에 빠져 있을 때 태을진인이 오는 것이 보였다. 나타는 기뻐서 사부를 불렀다.

"사부님, 제자를 구해 주십시오!"

몇 번을 소리쳐 불렀건만 태을진인은 들은 체도 하지 않고 동굴 안으로 들어가 버렸다.

광법천존이 나와 그를 반가이 맞이했다.

"도인의 제자가 저에게 가르침을 받았지요."

둘은 마주 앉았다.

"빈도는 그의 살계가 너무 심했기에 천존께 보내 진성眞性을 연마토록 한 것인데, 천존께 죄를 얻게 될 줄은 미처 몰랐습니다."

태을진인이 광법천존에게 대답하자, 천존은 금타에게 나타를 풀어주도록 명했다. 금타는 나타가 있는 곳으로 나아가 말했다.

"너의 사부께서 너를 부르신다."

"네가 나를 움직이게 할 수 있단 말이더냐? 무슨 술수를 써서도 나를 움직이게 할 수 없을 텐데, 왜 다시 와서 나를 희롱하는 거야?"

나타는 볼멘소리로 반문했다. 금타는 빙그레 웃으며

말했다.

"눈을 감아라."

나타는 별 도리 없어 눈을 지그시 감았다. 금타는 영부화필靈符畫畢로 둔룡장을 거뒀다. 나타가 조바심이 나서 몰래 눈을 뜨고 보았을 때는 이미 자신을 채우고 있던 고리와 둔룡장은 모두 온데간데없이 사라진 뒤였다. 나타는 연신 고개를 끄덕이며 말했다.

"좋아, 좋아! 오늘 내가 한없는 모욕을 당했으니 동굴에 들어가 사부님을 뵙고 나서 어떤 조치를 강구할 것인지를 생각해 보겠다."

나타는 금타와 함께 동굴 속으로 들어갔다. 자신을 때린 도사가 좌측에 앉아 있고 자신의 사부인 태을진인이 오른쪽에 앉아 한담을 나누고 있는 것이 보였다.

태을진인은 나타가 들어오는 것을 보고 말했다.

"이리 와서 네 사백師伯께 절을 올려라."

나타는 사부의 명을 감히 거역할 수 없는지라 내키지 않는 절이나마 하지 않을 도리가 없었다.

"사죄드립니다."

인사가 끝난 뒤 나타는 몸을 돌려 사부 태을진인에게 절을 올렸다. 진인이 이어 이정을 부르자 이정이 몸을 굽혀 그에게 절했다. 진인이 말했다.

"취병산의 일은 그대가 너무 마음을 좁게 가지지 말았어야 했었네. 괜히 부자지간에 정리만 상해 버렸지 않은가?"

옆에 앉아 있던 나타는 화가 불길처럼 타오르면서 이정을 집어삼키지 못하는 것이 한탄스러울 뿐이었다. 두 선인은 이미 나타의 그러한 심정을 헤아리고 있었다.

태을진인이 말했다.

"이제부터 다시는 부자지간에 무례한 행동이 오가서는 절대로 안된다. 이정 총병관! 그대가 먼저 이곳을 떠나도록 하라."

명을 받은 이정은 태을진인에게 인사를 드리고 서둘러 돌아갔다. 나타는 이정을 목전에서 놓쳐버린다는 생각에 조급하고 화가 치밀어 올랐지만, 감히 입을 뗄 처지도 못되는지라 그저 귀를 움켜잡고 뺨을 비비대면서 통한을 삭일 도리밖에 없었다. 진인이 빙그레 미소를 머금더니 이내 나타에게 명했다.

"나타야! 너도 이제 돌아가거라. 그리고 동부를 신경써서 잘 지키고 있도록 해라. 나는 너의 사백과 장기나 한 판 두고 곧 돌아갈 것이니라."

나타는 즉시 동굴을 빠져나와 풍화이륜을 집어타고 이정의 뒤를 쫓았다. 한참을 뒤쫓아 가다 이정이 토둔법을 쓰려는 것을 보고 크게 소리쳤다.

"이정은 멈추어라. 내가 왔다!"

이정은 나타가 쫓아온 것을 보고서 고통스러운 목소리로 말했다.

"아니, 도인이 실없는 소리를 했나? 나타, 저 녀석을 하산시키지 말아야 하는데. 뭐, 나를 도와준다고? 얼마 지나지도 않았는데 나를 뒤쫓아 오게 만들다니, 어찌 이럴 수가 있어!"

이정은 그저 달아나는 수밖에 없었다. 그러나 나타에게 쫓기는 이정에게는 하늘과 땅 아무 데도 달아날 길이 없었다. 한창 위급한 찰나, 한 도인이 산언덕에 서 있는 것이 보였다. 그 도인은 소나무와 바위 사이에 기대어 앉아 말했다.

"거기 산 아래 있는 사람이 이정인가?"

이정은 머리를 들어 반가움에 얼른 대답했다.

"예, 도인. 제가 바로 이정입니다."

"무엇 때문에 그리 황급한가?"

"나타놈의 추격이 너무 급합니다. 가르침을 주십시오."

"빨리 언덕 위로 올라오너라. 내 뒤에 숨어 구원을 기다려라."

이정이 숨을 헐떡이며 올라가 도사의 등 뒤로 몸을

피했다. 숨을 채 고르기도 전에 나타가 산언덕 아래에 이르렀다. 나타는 두 사람이 언덕 위에 서 있는 것을 보고 냉소를 머금었다.

"설마, 이번에도 사람을 골탕 먹이진 않을 테지?"

나타는 풍화륜에 올라 언덕 위로 달려갔다. 도인이 나타를 가로막으며 물었다.

"자네가 나타인가?"

"그렇소. 그런데 도인은 무엇 때문에 이정을 숨기고 있는 거요?"

"그럼 자네는 무엇 때문에 이 사람을 쫓는 겐가?"

나타는 취병산에서 일어났던 일을 두루 이야기했다. 도인이 나타에게 말했다.

"너는 이미 오룡산에서 더 이상 그를 괴롭히지 않겠다고 약속하지 않았느냐! 이제 또 그를 뒤쫓는다면 이는 네가 신의를 저버리는 것이니라."

"도인은 우리 일에 간섭하지 마시오. 오늘 내 기필코 그놈을 잡아 원한을 씻을 것이오."

"네가 나의 말을 듣지 않겠단 말이지?"

도인은 이정을 돌아보며 분부했다.

"이정! 네가 놈을 한바탕 혼내주도록 하라."

이미 나타에게 혼이 난 이정은 도인에게 애원했다.

"도인님, 저 못된 녀석은 힘이 무궁하여 제가 어찌할 수 없습니다."

도인은 벌떡 일어서더니 이정을 호되게 꾸짖으며 말했다.

"너는 놈을 혼내줄 수 있어. 내가 여기 있으니 염려할 것 없느니라."

이정은 하는 수 없이 창을 움켜쥐고 싸우러 나섰다. 나타는 화첨창을 들고 대적했다. 부자가 산언덕에서 맞붙어 싸운 지 5·60번이 넘었는데도 쉬 결판이 나질 않았다. 나타는 이정의 맹렬한 공격을 받고 전신에 온통 땀이 비오듯 했다. 나타는 이정의 화극을 막아내기가 어려워지자 가만히 생각했다.

"이정은 본래 나를 당해낼 수 없었는데 저 도인이 그를 호되게 꾸짖고 등을 한번 치더니 필시 무슨 조화를 부린 게야. 일부러 허점을 보인 다음 방심한 틈에 먼저 도인을 해치우고 나서 이정을 없애버려야겠다."

나타는 몸을 날려 창으로 도인을 힘껏 찔렀다. 도인은 입을 크게 벌려 흰 연꽃 한 송이를 뿜어내 화첨창의 공격을 막았다. 도인이 이윽고 소리쳤다.

"이정! 너도 막아라!"

이정은 도인의 말을 듣고 급히 화첨창을 가로막았다.

도인이 나타를 꾸짖었다.

"고얀놈! 너희 부자끼리 서로 싸우는 것일 뿐, 나와는 아무런 원한이 없거늘 어찌하여 나를 해치려 하느냐? 연꽃이 나를 막아주지 않았다면 네놈의 손에 비명횡사를 면치 못할 뻔했도다. 도대체 이게 무슨 짓이냐?"

나타가 대꾸했다.

"지난번 이정이 나와 대적할 때는 나를 당해내지 못했었소. 도인은 그에게 나를 대적하라면서 어찌하여 그자의 등을 손바닥으로 두들겼소? 이것은 분명히 도인이 농간을 부린 것이오. 그래서 나는 당신을 먼저 처치해 그 분노를 씻고자 한 것이오."

"버르장머리 없는 놈, 감히 나를 찔러?"

나타는 화가 치밀어 올라 다시 창을 꼬나쥐고 도인의 머리를 찌르려 했다. 도인은 옆으로 껑충 솟아올랐다. 갑자기 상서로운 구름이 피어나고 자색안개가 자욱이 드리우더니 한 물체가 떨어지면서 나타를 영롱탑玲瓏塔 속에 가둬버렸다. 도인이 양 손으로 탑머리를 두들기자 탑 속에서 불길이 솟구쳤다. 나타는 살려달라고 아우성쳤다.

도사가 물었다.

"네 아버지를 아버지로 인정한다면 용서해 주겠다."

나타는 다른 생각을 할 겨를이 없었다. 도인의 말에 따르겠다고 하자 도인은 얼른 보탑을 거두었다. 나타가 정신을 가다듬고 보니 온몸에 불탄 흔적이 전혀 없었다.

"나타야, 네가 이미 이정을 아버지라 인정하겠다고 약속했으니 그분에게 절을 올려라."

나타는 마음이 내키지 않았지만, 도인의 말을 따르지 않았다가는 언제 또 그 이상한 탑을 사용할지 알 수 없는지라 울분을 억누르고 이정에게 머리를 숙여 절을 했다.

그러나 여전히 노기를 가라앉히지는 못했다. 도인은 이러한 나타의 심사를 꿰뚫어보기라도 하는 듯이 계속하여 나타에게 주문했다.

"아버지라고 불러라."

나타는 대꾸도 않은 채 그 말에는 따르려 하지 않았다. 도인이 재차 말했다.

"네가 아버지라고 부르지 않는다면 결국 진심으로 따르지 않는 것이다. 그렇다면 다시 보탑을 가져와 너를 진짜로 태워버리겠다!"

나타는 당황하여 서둘러 크게 소리쳤다.

"아버지, 제가 정말 죽을죄를 지었습니다."

나타는 입으로만 그렇게 말하고 있었을 뿐 여전히

마음속으로는 이를 갈고 있었다.

도사가 이정을 불러 말했다.

"이정, 그대도 이리 앉으라. 내가 은밀히 그대에게 금탑 하나를 줄 터이니 만일 나타가 복종하지 않거든 그 탑을 사용하여 나타를 불태워 버리도록 하게나."

나타는 옆에 쭈그리고 앉아 그저 막막히 고민할 수밖에 없었다. 이번에는 도인이 나타에게 말했다.

"나타야, 너희 부자는 이로부터 다시 화목하게 지내도록 하여라. 오랜 세월이 흐른 뒤 모두 나라의 훌륭한 신하가 되어 명군을 보필하여 올바른 깨달음을 성취하도록 하고 다시는 지난 일일랑 이야기하지 말도록 하여라. 나타야, 너는 이제 돌아가거라."

나타는 상황이 이렇게 되자 하는 수 없이 건원산으로 돌아갔다. 이정은 도인 앞에 무릎을 꿇고 말했다.

"도인께서 도덕을 널리 베푸시어 제자의 위험을 벗어나게 해주셨는데, 바라옵건대 도인의 함자는 무엇이며 어떤 산 어느 선부仙府에 계시는지 알려주십시오."

도사는 이정의 말을 받아 대답했다.

"나는 영취산 원각동元覺洞의 연등도인燃燈道人이라 하네. 지금 그대는 수련을 완성하지 못하고 인간의 부귀를 누리고 있지만, 지금 천자가 덕을 잃어 천하가 크게 어지러우니 관리노릇을 그만두고 잠시 명산계곡에 은거하면서 명리를 잊도록 하시게. 그리고 주무왕이 군대를 일으키거든 그때 다시 세상에 나가 공업을 이루길 바라네."

이정은 머리를 조아리고 도인에게 사례한 다음 진당관으로 돌아갔다. 그러다가 이내 종적을 감추어 버렸다.

崑崙山子牙下山

곤륜산의
강자아가 하산하다

한편 곤륜산 옥허궁에서 천교闡敎의 도법을 관장하고 있던 원시천존은 문하의 열두 제자가 세속의 재앙을 범함으로써 책벌이 자신에게 이르렀기 때문에 궁문을 닫아걸고 강론조차 중단했다.

또한 호천상제昊天上帝는 뛰어난 신선 열두 명에게 복종을 명했다. 때문에 3교가 나란히 담론을 벌여 이에 천교闡敎·절교截敎·인도人道의 3교가 모두 3백65분의 성신成神을 편성하고 또 8부部로 나뉘었다. 상4부는 뇌雷·화火·온瘟·두斗이며, 하4부는 군성열수群星列宿·삼산오악三山五岳·

보우흥운步雨興雲·선악지신善惡之神이었다.

당시는 성탕의 천하가 멸망하고 주나라 왕실이 흥성하려는 때였다. 반면에 원시천존이 신선의 봉함을 받고 신선의 계율을 어긴 강자아가 장상將相의 복을 누리게 된 때였다. 공교롭게도 그 운수와 맞아떨어졌으니 결코 우연이 아니었다. '5백 년이면 반드시 왕천하王天下하는 자가 일어나며 그 가운데에는 반드시 세상에 명성을 떨치는 자가 있게 된다'는 말은 바로 이 때문이다.

어느 날 원시천존은 팔보운광좌八寶雲光座 위에 앉아 백학동자에게 분부했다.

"백학아, 가서 네 사숙 강상姜尙을 모셔오너라."

백학동자는 즉시 도원으로 가서 자아에게 청했다.

"사숙, 천존께서 부르십니다."

자아는 서둘러 보전좌寶殿座 앞에 나가 예를 올렸다.

"제자 강상 알현합니다."

원시천존이 물었다.

"그대가 곤륜산에 산 것이 몇 년이나 되는가?"

"제자는 서른두 살에 산에 올라와 허송세월하다가 벌써 일흔두 살이 되었습니다."

"그대는 태어나면서부터 운명이 박하여 선도를 이루기는 어렵도다. 그러니 인간의 복을 누리는 것이 나을

듯하다. 지금 성탕의 천하는 운세가 다했고 대신 주나라 왕실이 흥성하려 한다. 그대는 나를 대신하여 봉신封神하고 하산하여 현명한 군주를 보필하여 장상이 된다면, 그대가 산에서 수행하면서 보낸 40년의 세월이 헛되지만은 않을 것이다. 이곳은 역시 그대가 머무를 곳이 아니니 속히 준비하여 하산토록 하여라."

원시천존의 분부가 끝나자 자아는 애걸했다.

"제자는 충심으로 출가 고행하며 많은 세월을 보냈습니다. 수행이 비록 고통과 고난의 연속이라 하지만 지존께서 크신 자비를 베푸시어 미혹함을 지적하여 깨달음으로 나아갈 수 있도록 인도하여 주소서. 제자는 진실로 산에서 고행하길 바라오며 결코 인간세상의 부귀영화를 탐하지는 않습니다. 거두어 주십시오."

원시천존은 다시 자아를 타일렀다.

"네 운명의 인연이 이미 이와 같다. 그러므로 반드시 하늘을 따라야 하는 법, 결코 어길 수는 없는 일이니라."

자아는 차마 떠나가지 못하고 머뭇거리고 있었다. 남극선옹南極仙翁이 앞으로 나서며 말했다.

"여보게 자아, 기회란 만나기 어려우니 그때를 결코 놓쳐서는 안될 것이네. 더욱이 천수가 이미 그렇게 정해진 것이라면 피할 수 없는 것 아닌가? 자네가 비록 하산한다 하더라도 공을 이룬 다음 다시 산에 돌아올 날이 반드시 있을 것이라 믿네."

자아는 하산할 도리밖에 없었다. 출발에 앞서 사존께 눈물을 쏟으며 작별인사를 올렸다.

"제자는 스승의 법지를 삼가 받들어 하산하오니, 언제나 다시금 돌아와 뵐 수 있을는지요?"

"그대가 지금 하산함에 있어 내가 여덟 구절의 금언을 주노니 후일 필시 징험이 있으리로다."

20년간 궁색하고 급급했네만,
인내하고 분수지켜 편안했었네.
반계磻溪의 돌 위에서 낚싯대 드리우면,
자연 고명지사가 그대를 방문하리.
성군을 보필하여 상보相父가 된다면,
아흔셋에 장수되어 병권을 잡으리.
제후들 회합하여 무신년 갑자일이 되면,
아흔여덟에 신에 봉해지고 다시 4년이 지나리.

자아는 원시천존에게 하직인사를 올리고 나서 여러 도우들과도 하나하나 인사를 나눈 다음 행낭을 지고 옥허궁을 나섰다. 남극선옹이 기린애麒麟崖까지 따라나와 자아를 전송했다.

"자아여! 앞길에 부디 건강하고 조심하시게."

남극선옹과 헤어진 강자아는 곰곰 생각해 보았다.
'나는 위로는 숙부·백부나 형과 형수도 없고 아래로는 동생이나 조카도 없는데 어디로 가서 의지할 거나? 숲을 잃고 방황하는 새처럼 의지할 곳이 없구나.'
자아가 이렇게 허망해 하고 있을 때 머릿속에 문득 섬광처럼 떠오르는 것이 있었다.
'그렇지, 조가에서 의를 맺은 어진 형 송이인宋異人에게로 가는 것이 좋겠다.'
자아는 토둔법으로 몸을 감추고 순식간에 조가에 당도했다. 남문과 35리쯤 떨어진 송가장宋家莊에 이르렀다. 자아는 옛날과 변함없는 뜰과 여전히 푸르른 버드나무를 보며 감개에 젖어 탄식했다.
"내가 여기를 떠난 지 40년이 되고 보니 어느덧 풍경은 예전 그대로이나 사람은 같지가 않구나!"
자아는 문 앞에 당도하여 문지기에게 물었다.
"원외랑은 집에 계시는가?"
문을 지키던 하인배가 다가와 물었다.
"누구십니까?"
"옛 친구 강자아가 방문했노라 전하게."

시동이 원외에게 전하니, 송이인은 마침 장부정리를 하고 있다가 황급히 달려나와 자아를 맞이했다.

"아니 현제! 어찌하여 수십 년씩이나 연락이 없으셨소?"

"못난 아우, 결례가 많습니다."

이윽고 둘은 손을 마주 끌면서 초당에 이르러 각기 예를 행하고 앉았다. 송이인이 입을 열었다.

"늘 현제를 그리워했는데, 오늘 이렇게 다시 만나게 되니 기쁘기 한량없소."

자아가 대답했다.

"인형과 작별한 뒤 사실 속세를 초탈할 생각을 했습니다만 연분이 천박한 것은 어찌할 수 없어 뜻을 이루지 못했습니다. 이제 이곳에 와서 인형을 만나뵙게 되니 그 즐거움을 어찌 말로 다하겠습니까?"

송이인은 즉시 술과 음식을 내오게 하면서 또 자아에게 물었다.

"현제는 채식을 좋아하나, 육식을 좋아하시나?"

"내 이미 출가했는데 어찌 술을 마시고 냄새나는 고기를 먹겠습니까? 저는 채식으로 하겠습니다."

"술은 바로 요지瑤池의 옥액玉液이며 동부의 경장瓊漿이므로 신선들도 도회桃會에 분주히 모여들 정도이니, 조금 마셔도 괜찮겠지."

"그렇다면 인형의 가르침을 따르도록 하겠습니다."

이리하여 두 사람은 즐거이 술자리를 가졌다. 술이 몇 순배 돌자 송이인이 물었다.

"현제는 곤륜산에 얼마간이나 있었소?"

"40년 있었습니다. 이제 나이 일흔이 넘었으니까요."

자아의 대답에 송이인은 탄식했다.

"세월이야 유수이지. 그래 현제는 산중에서 무엇을 배웠소?"

"글쎄 뭘 배우긴 했습니다만."

"어떤 도술을 배우셨나?"

"제가 배운 것은 물 져나르기, 소나무에 물주기, 복숭아 심기, 불 피우기, 화로에 부채질하기, 그리고 연단술煉丹術 따위이지요."

자아의 어이없는 대답에 송이인은 피식 웃으며 되물었다.

"그런 것은 잡부들의 노역인데 말할 것 있겠소? 이제 현제가 돌아왔으니 마땅한 일거리를 찾아봐야지 허구많은 일 중에 하필이면 출가하는 일을 하겠소? 자아, 우리 집에 머물면서 마음 편히 지내고 아예 다른 데로 갈 생각은 마오. 우리 사이야 다른 사람들과는 비교할 수 없는 각별한 관계가 아니겠소?"

"예, 인형의 말씀대로 따르지요."

"옛말에 '세 가지 불효 가운데 후사가 없는 것이 가장 크다'고 했소. 나와 그대가 이제 함께 지내게 되었으니, 내일 현제와 함께 일족들과 의논을 하도록 합시다. 그래서 자식이라도 몇 두게 되면 강씨 성의 후사를 끊이게 하지는 않을 것이오."

자아는 송이인의 말을 가로막았다.

"인형, 우리 그 일은 나중에 다시 의논토록 하지요."

둘은 밤이 늦도록 담론을 나누었다.

다음날 송이인은 일찍 일어나 말을 타고 마가장馬家莊으로 가서 자아의 혼사를 의논했다. 송이인이 도착하자 머슴아이가 달려들어가 마 원외馬員外에게 알렸다.

"송 원외 어른께서 오셨습니다."

소식을 전해 들은 마 원외는 무척 기뻐하며 문간에 나가 송이인을 맞으며 물었다.

"아니 원외가 무슨 바람이 불어 우리 집엘 다 왔소?"

"어르신네의 따님과 혼사를 의논해 볼까 해서 이렇게 왔습니다."

마 원외는 대단히 기뻐하며 송이인과 예를 행한 다음 좌정했다.

"그래 내 딸아이를 어떤 사람과 혼인시키려 하시오?"

"예, 그 사람은 바로 동해 허주許州사람인데, 이름은 강상이고 자는 자아라고 하며 별호는 비웅飛熊이라 합니다. 저와는 막역한 사이로서 제가 보기에 두 집안이 썩 잘 어울릴 것이라 생각됩니다."

마 원외가 대답했다.

"송 원외는 친족들이 매우 존숭하는 터이니 차질이 있지는 않으리라 믿소이다."

그리하여 송이인이 백금 4정錠으로 예물을 삼으니 마 원외가 백금을 거두고 서둘러 술자리를 마련했다. 술자리는 저녁이 이슥하도록 계속되었다.

한편 강자아는 자리에서 일어난 뒤 종일토록 송이인이 보이질 않자 머슴아이에게 물었다.

"원외께선 어디 가셨느냐?"

"예, 아침 일찍 나가셨는데 아마도 빚 독촉을 하러 가셨을 겁니다."

이야기를 마친 뒤 그리 오래지 않아 송이인이 돌아왔다. 송이인은 말에서 내려 자아를 보고 말했다.

"축하하오."

자아는 영문을 모른 채 되물었다.

"어디에 갔다 오시기에 갑자기 축하한다 하십니까?"

"오늘 자네를 위해 혼사를 의논하러 천 리 먼 곳에 달려가 인연을 맺고 왔소."

자아는 썩 내키지 않는 듯 대답했다.

"오늘은 시진時辰이 좋지 못합니다."

"음양은 꺼릴 필요 없소. 길인은 하늘이 돕는 법이오."

자아가 하는 수 없이 되물었다.

"누구 집 여식입니까?"

"마홍馬洪의 딸인데 재모를 두루 갖추었으니 현제와 훌륭한 배필이 될 거요. 그리고 그 여식은 68년 동안 숫처녀로 지내왔다고 들었소."

자아는 떫은 감을 한 입 베어 문 듯한 기분이었지만, 송이인의 호의를 거절할 아무런 명분도 궁리해내지 못했다. 그저 속으로 이렇게 생각할 뿐이었다.

'40년 동안 도를 닦아 이제 스승의 명을 받고 하산했는데, 고작 그런 여자와 혼인할 운명이었는가?'

그렇지만 이러한 자아의 속마음을 아는지 모르는지 송이인은 곧장 술상을 보아오게 하여 축하해 주었다.

송이인이 다시 입을 열었다.

"좋은 날을 택하여 혼례를 치르도록 합시다."

"인형께서 돌봐주시니 그 덕을 어찌 잊겠습니까?"

자아는 겨우 감사의 말을 꺼냈다.

움켜잡고 집으로 돌아왔다. 왕복 70리 길을 걸은 자아는 어깨에 통증을 느꼈다. 게다가 아침에 지고 나간 조리 한 묶음이 고스란히 남았다.

지친 새처럼 어깨를 힘없이 늘어뜨린 채 문을 들어서는 자아를 보자마자 마씨의 눈이 휘둥그레졌다. 마씨가 어째서 하나도 팔지 못한 채 그대로 돌아왔는가를 물으려 할 때 자아가 먼저 말을 꺼냈다.

"여보, 부인은 참 바보 같구려. 집에서 빈둥거리는 내 꼴이 보기 싫어 내게 조리를 팔도록 했겠지만, 첫 장사치고는 부인이 물건을 잘못 골랐소. 조가성에서는 필시 조리를 쓰지 않는 모양이오. 그러니 내가 무슨 재주로 하루에 몽땅 다 팔아치울 수 있겠소? 하나도 팔지 못하고 어깨만 욱신거릴 뿐이오."

"조리는 천하가 모두 사용하는 것인데 당신은 팔 줄 모른다고는 않고 푸념만 늘어놓는군요."

그 소리에 자아는 벌컥 화가 났다.

"아니, 부인이 직접 팔아보기나 하고서 하는 소리요? 남편을 아무리 우습게 봐도 그렇지. 부인은 꼭 그렇게 말해야 속이 후련하오?"

부부는 서로 언성을 높이고 얼굴을 찌푸려 가며 한바탕 말다툼을 했다. 담장 하나를 사이에 둔 송이인 집에서 모를 리 없었다. 송이인이 얼른 달려가 영문을 물었다.

"아니 현제! 무슨 일로 부부가 다투시는 겐가?"

자아는 조리를 팔러 조가성에 갔던 일을 낱낱이 설명해 주었다. 송이인이 말을 막았다.

"부부는 가만히 있으시오. 아무렴 내가 아우 두 식구를 먹이지 못할까 봐 이런 짓을 한단 말이오?"

마씨부인이 나섰다.

"백부께서 이렇게 호의를 베풀어 주시지만 우리 부부도 언젠가는 무덤 속으로 돌아가야 할 터인데, 아무런 대책없이 늙어 죽기를 기다리고만 있을 수만은 없지요."

송이인이 말했다.

"그래, 그건 제수씨의 말이 옳네. 하지만 하필이면 하고많은 장사 중에서 이런 장사를 벌여서 법석을 떠는가? 우리 창고에 밀이 싹이 났으니 하인배들을 시켜 밀가루를 만들게 해서 현제가 가지고 나가 팔아오는 것이 좋겠소. 괜히 조리 짜는 일 같은 것을 억지로 하지는 마시게."

이리하여 자아는 장사품목을 바꿨다. 그는 송이인네 하인들이 밀을 갈아 만든 밀가루를 짊어지고 조가에 나가 팔았다. 그러나 사방을 돌며 밀가루를 팔았으나 한 근도 팔지 못했다. 배가 고프고 어깨는 쑤셔댔다.

성 남문을 나와 자아는 보따리를 벗어놓고 성벽에

기대어 쉬면서 자신의 운명이 결코 순탄치 못함을 느끼며 시 한 수를 지었다.

> 네 차례 곤륜산에 들어가 도의 현묘함 찾았으나,
> 인연이 박하여 터득할 수 없었음을 어찌 알았으리!
> 세상은 암울하여 눈뜨고 보기 어려우니,
> 분분한 이 세상을 어떻게 벗어날 수 있을까?
> 나뭇가지 하나 빌어 그곳에 머물지만,
> 금가옥쇄金枷玉鎖가 또 나를 얽어매네.
> 언제나 평생의 뜻 이루랴?
> 조용히 시냇가에 앉아 노선老禪을 배우네.

자아는 잠시 앉아 쉬다가 다시 억지로 몸을 일으켰다. 그 때 누군가가 그를 불렀다.

"잠깐, 멈추시오!"

자아는 재수가 좋다고 생각하며 밀가루 보따리를 다시 내려놓았다. 자신을 불렀던 사람이 다가오자 자아는 만면에 희색을 띠면서 그에게 물었다.

"얼마나 드릴까요?"

"1문文어치 주시오."

자아는 손바닥을 싹싹 비빈 다음 밀가루 부대를 풀었는데, 그는 짐을 많이 져본 사람이 아니었으므로 풀어진 부대의 끈을 땅바닥에 그냥 늘어두었다.

그러나 뜻밖에 당시는 천자가 무도했기 때문에 동남지방의 4백 제후가 반란을 일으켜 수시로 긴급한 보고가 전달되던 때였다. 무성왕武成王이 날마다 군사를 훈련시키느라 사방의 군영에서 포성이 울렸기 때문에 마침 포성에 놀란 말이 뛰쳐나와 거리에서 날뛰고 있었다.

자아는 아무런 방비없이 허리를 수그려 부대의 밀가루를 퍼내고 있었다. 그때 누군가가 자아에게 소리쳤다.

"어이, 밀가루 장수. 조심해! 말이 달려와!"

자아는 깜짝 놀라 몸을 피했으나, 늘어놓았던 부대 끈이 말발굽에 걸려 밀가루 부대가 대여섯 길 멀리 끌려가면서 이내 밀가루가 온통 땅바닥에 쏟아졌다. 때마침 불어온 돌개바람이 널려 있던 밀가루를 깨끗이 날려버리고 말았다. 자아가 황급히 밀가루를 주워담으려고 허둥대는 동안 자아의 몸은 온통 밀가루 투성이가 되었다.

이 모양을 보고 밀가루를 사려던 사람이 말했다.

"에끼, 여보쇼! 그런 흙가루를 누가 사겠소? 갖다가 노인 손자들에게 부침개나 만들어 주구려."

그 사람은 뒤도 안 돌아보고 훌쩍 가버렸다.

자아는 망연자실 그저 빈손으로 돌아갈 도리밖에 없었다. 마씨부인은 자아가 빈손으로 돌아오는 것을 보고 크게 기뻐했다.

'조가성에는 밀가루가 무척 잘 팔리는구나!'

속도 모르는 마씨부인이 이런 생각을 하는 동안 자아는 집에 들어서자마자 욕설부터 내뱉었다.

"빌어먹을! 이 모두가 부인이 수선을 떤 탓이야!"

마씨부인은 영문을 몰라 되물었다.

"아니 여보, 밀가루를 깨끗이 팔아치웠으면 좋은 일인데 어찌하여 오히려 저에게 핀잔을 주시는지요?"

"한 짐 메고 끙끙거리고 조가성에 갔지만 팔긴 뭘 팔아? 오후가 되어 겨우 1문어치 팔 뻔했지."

"아니 그럼 빈손으로 돌아온 건? 아! 그렇군요. 모두 외상으로 팔았군요?"

자아는 더욱 화가 치밀어 올랐다.

"당신은 어찌 그리 잘 알아? 헹, 외상으로라도 팔았으면 다행이게. 내가 막 팔려는데, 빌어먹을 놈의 망아지 새끼가 갑자기 뛰쳐나와 밀가루 부대 끈을 채는 바람에 몽땅 길바닥에 쏟아져 버렸어. 게다가 때마침 돌개바람이 불어 몽땅 날아가 버렸지 뭐야. 이 여편네야! 당신이 괜히 일거리를 만들어 이 지경이 되어버린 게 아냐?"

자아는 아내 마씨에게 불같이 역정을 냈다. 핀잔을 들은 마씨도 지지 않고 대들었다.

"스스로 무능하다 하지 않고 도리어 나를 원망해요! 당신은 밥만 축내는 식충이일 뿐이에요."

그 소리에 자아는 화가 치밀었다.

"뭐야? 계집 주제에 감히 사내대장부를 모욕하다니!"

두 사람은 서로 머리끄덩이를 끌어잡고 한바탕 소란을 피웠다. 환갑이 지난 부부가 그렇게 싸우는 꼴은 참으로 가관이었다. 동네가 금방 시끄러워졌다. 그러자 사람들이 몰려와 재미있다는 듯이 박수치며 구경했다.

잠시 뒤 송이인이 아내 손孫씨와 함께 급히 달려와 말렸다.

"아니 두 사람은 만나기만 하면 이리 싸우고 야단을 떠는 게요?"

자아가 그제야 마씨의 머리채를 붙잡은 손을 놓으며 송이인에게 자초지종을 이야기했다. 송이인이 빙그레 웃으며 말했다.

"그깟 밀가루 지고 다니는 일이 무슨 값어치가 있겠소? 자자, 그만들 하고 현제는 잠시 이야기 좀 하세."

자아는 송이인과 함께 서재로 가서 마주앉았다. 자아가 부끄러움을 못 이겨 말했다.

"번번이 소란을 떨어 죄송합니다. 인형께서 늘 어리석은 아우를 자상하게 인도해 주시는데 이런 꼴이나 보이고 말았습니다. 시운이 좋지 못해서인지 하는 일마다 좋은 결과를 얻지 못하니 송구할 따름입니다."

송이인이 대답했다.

"사람이란 시운이 중요하고 꽃도 때를 만나야 활짝 핀다고 했소. 그리고 옛말에도 이르지 않던가? '황하도 맑아질 날이 있는데 사람이 어찌 시운을 얻지 못하겠는가?' 하고 말이오. 그러니 현제는 오늘 일 같은 것은 더 이상 이야기하지 마시오. 사실 내게는 가게가 여러 개가 있소. 객주집이 50개는 될 게야. 내가 여러 친구들을 불러 아우를 소개시키겠소. 아우가 점포를 돌면서 하루에 한 집씩 장사를 해보는 게 어떻겠소?"

자아는 그저 감사를 드리며 사례했다.

그리하여 송이인은 남문의 장가張家주점을 자아에게 개장토록 했다. 조가 남문은 최고요지로 교장敎場과 가깝고 길마다 십자로로 통하여 늘 인파로 북새통을 이뤘다. 그날 일꾼들이 돼지와 양 따위를 잡고, 음식을 장만하고, 주점을 깨끗이 청소한 뒤 자아는 주인자리에 앉았다.

그런데 문을 열고 오랜 시각이 지날 때까지 귀신조차 문 앞을 얼씬거리지 않더니, 한낮이 되자 큰비가 쏟아져 내렸다. 게다가 황비호 군의 훈련이 늦어지고 훈련군이 미처 오지 않은 시각인데 날씨까지 무던히도 무더워, 삶아놓은 돼지고기와 양고기가 퀴퀴한 냄새를 피웠다. 다른 안주와 술도 모두 상해 버릴 지경이었다.

강자아는 하루 종일 그저 멍청히 앉아 있다가 저녁 무렵 여러 일꾼들에게 술과 안주를 모두 먹어치워 버리라고 분부했다. 자아는 그런 자신의 신세가 한탄스러워 시 한 수를 지었다.

황천皇天이 진토 속에 나를 낳아,
허송세월하며 세간에서 고생만 하네.
봉황은 때로 만 리를 날아올라,
구중의 깊은 산을 지나야만 한다네.

자아는 저녁 늦게야 집으로 돌아왔다. 송이인이 자아에게 물었다.

"현제! 오늘 장사는 어떠셨소?"

자아는 몸둘 바를 몰랐다.

"인형께 정말 면목 없습니다. 오늘 본전은 고사하고 한 푼도 벌지 못했습니다."

자아는 날씨 핑계를 대며 하루 일을 설명했다. 그러자 송이인이 또 웃으며 말했다.

"현제는 염려하지 마시오. 때가 되면 잘될 터이니, 때를 지키고 명을 기다리면 그게 바로 군자가 아니겠소.

다 합해 봐야 손해가 그리 큰 건 아니니 다시 방법을 도모해 보도록 하세나그려."

송이인은 이번 일로 자아가 괴로워할까 염려가 되었다. 그는 은 50냥을 주어 이번에는 젊은 하인들을 데리고 장터에 나가서 소·말·돼지·양 따위를 팔게 했다.

송이인은 웃으며 말했다.

"설마 살아 있는 놈들에게서야 상한 냄새가 나겠소?"

자아는 행장을 꾸리고 장터에 나가 양·돼지 따위를 팔기 시작한 지 여러 날이 지났다. 하루는 많은 양과 돼지를 멀리 조가까지 끌고 나가 팔 생각을 했다.

때는 천자가 실정을 하여 달기가 백성들의 고혈을 짜고 간신들이 권병을 독점하는 등 흉포한 무리가 조정을 가득 채우고 있을 때였다. 그래서인지 천하민심이 따르지 아니하고 비조차 내리지 않았다.

조가에는 이미 반년 이상이나 긴 가뭄이 계속되고 있었다. 천자는 기우제를 드리기로 하고 짐승을 도살하거나 매매하는 것을 엄히 금했다. 그 명을 군민에 고지하기 위해 성문마다 방을 붙여두고 있었다. 그런 사정을 알 리 없는 자아는 성 안으로 짐승들을 몰고 들어갔다. 성문에 들어서는 순간 기찰포교의 호령이 들렸다.

"꼼짝 말거라! 법을 어겼으므로 너를 체포한다."

자아는 호령소리에 놀라 잽싸게 몸을 돌려 달아났다. 소·말 등은 버려둔 채였으므로 가축은 전부 관부에 귀속되었다. 자아는 또다시 빈털터리가 된 채로 돌아왔다. 송이인은 자아가 혼비백산하여 흙빛이 된 얼굴로 돌아온 것을 보고 물었다.

"현제, 오늘 어인 일로 이다지도 황망해 하시오?"

자아는 긴 탄식을 내뱉으며 말했다.

"누차 인형에게 후덕을 입었지만 사사건건 제대로 되는 일 없이 손해만 입히는군요. 오늘은 소·돼지를 팔러 조가로 향했습니다. 마침 천자가 기우제를 드리기 때문에 일체의 매매나 도살을 금한다는 금령을 보지 못한 채 성문을 들어서다 가축떼를 모두 관부에 압류당한 채 간신히 목숨만 부지하여 돌아왔습니다. 번번이 이 꼴이 되니 정말 부끄러움에 몸둘 바를 모르겠습니다. 아! 이 꼴을 어찌할꼬!"

송이인은 허허! 너털웃음을 웃으며 자아를 위로했다.

"아, 그깟 은전 몇 냥 관부에 압류당했을 뿐인 셈인데, 뭘 그리 크게 걱정하오? 지금 술 한 동이 데워다가 아우와 함께 근심이나 풀고 싶으니 우리 뒤편 화원으로 건너가세나그려."

두 사람은 함께 화원으로 건너갔다.

子牙火燒琵琶精

강자아가
비파정을 불태우다

 강자아는 송이인과 함께 뒤편 화원에 가서 여기저기 둘러보다가 과연 좋은 곳에 자리를 잡았다. 담장의 높이가 몇십 척이나 되고 사방은 조용하고 그윽했다.

 왼쪽에는 두 갈래 금빛 수양버들이 늘어져 있고, 오른쪽에는 몇 그루 제법 품위가 있는 푸른 소나무가 있었다. 모란정牧丹亭은 완화루玩花樓와 마주했고, 작약밭은 그네틀과 연해 있었다. 연꽃 활짝 핀 연못 속에는 비단잉어가 유유히 노닐고, 나무향기 가득한 거룻배에는 팔랑팔랑 나비들이 날았다.

자아가 감탄하며 말했다.

"현형, 이렇게 좋은 빈 터에 어찌하여 다섯 칸 누각을 세우지 않습니까?"

송이인이 말했다.

"다섯 칸의 누각을 세워 무엇을 하겠소?"

"제가 현형께 드릴 보답은 없습니다만, 이곳에 누각을 세운다면 풍수를 살피건대 서른여섯 가지 옥대와 또한 셀 수 없이 많은 금대를 갖게 될 것입니다."

"현제도 풍수를 아시오?"

"저도 한두 가지 정도를 알고 있습니다."

"솔직히 말하자면 여기에다 여러 번 누각을 축조해 보았었소. 그러나 금방 불에 타버려 더 이상 누각을 축조해 볼 생각이 없어졌소."

"제가 좋은 날을 택할 테니 현형께서는 주저하지 마시고 축조해 보시지요. 상량하는 날에 현형께서 목수들을 환대하는 동안 제가 현형을 대신하여 사악한 기운을 제압한다면 아무런 일도 일어나지 않을 것입니다."

송이인은 자아의 말을 믿고 좋은 날을 택해 누대를 축조하기로 했다. 그날 길한 시각인 한밤중 자시로 상량할 시각을 정했다. 송이인은 앞 당채에서 장인바치들에게 음식대접을 했고 자아는 모란정에 앉아 어떤 괴이한 일이 벌어질지 살폈다.

과연 얼마 되지 않아 거센 바람이 크게 일더니 돌과 모래가 날고 흙과 먼지가 흩뿌리면서 불빛 속에 요괴가 보였다. 얼굴빛은 오색으로 몸서리칠 정도로 섬뜩했다.

자아는 급히 정신을 가다듬고 검을 휘두르면서 큰소리로 외쳤다.

"이런 요물들이라니! 썩 물러나럇!"

한번 손을 휘젓자 천둥이 공중에서 울리더니 다섯 요물들이 황망히 꿇어엎드리며 말했다.

"상선上仙! 저희들은 상선께서 오신 것을 몰랐으니, 큰 덕을 베푸시어 목숨을 보전케 해주십시오!"

자아가 소리쳐 말했다.

"고얀놈들! 여러 차례 누각에 불을 지르며 흉측한 마음을 멈추지 않더니, 오늘도 죄악으로 가득 찼으니 죽어 마땅하도다."

자아는 말을 마치고 검을 들어 요괴를 베려 했다. 요괴들은 애걸하며 말했다.

"상선! 도심은 자비를 베풀지 않는 곳이 없습니다. 저희들도 득도한 지 여러 해가 되었습니다. 잠시 지고하신 어른을 모독했으나 바라옵건대 용서해 주소서. 오늘 하루아침에 죽는다면 가엾게도 우리들이 여러 해 동안 쌓았던 공적은 흐르는 물처럼 되고 말 것입니다."

자아가 말했다.

"너희들이 정히 살고 싶다면 이곳 백성들을 괴롭히지 말라. 너희 다섯 요괴는 나의 부명(符命)을 받아들이고 곧장 서기산으로 가거라. 그곳에서 오랫동안 흙이나 운반하면서 시키는 일을 하여라. 이후 공을 쌓게 되면 자연히 올바른 깨달음을 얻게 될 것이니라."

다섯 요괴들은 절을 하고 곧장 기산으로 떠났다.

한편 3경이 될 무렵, 마씨와 손윗동서인 손씨는 함께 후원으로 가서 자아가 무슨 일을 하는지 몰래 살펴보았다. 두 사람은 후원에 이르러 문득 자아가 허공에 대고 지르는 소리를 들었다. 그들의 눈에는 요괴들이 보일 리 없었다.

마씨가 손씨에게 말했다.

"형님, 저 사람이 말하는 것을 들어보세요. 이런 사람이니 어찌 부자가 되겠어요. 터무니없이 지르는 저 사람의 말을 들어보아요. 어찌 대성을 이룰 날이 있겠어요?"

마씨는 화가 잔뜩 나서 앞으로 다가가 자아에게 물었다.

"도대체 여기에서 누구와 말하고 있었습니까?"

"부인 같은 여인네들은 모르는 일이오. 내가 방금 요괴들을 제압했소."

"터무니없는 말을 해놓고서 무슨 요괴들을 제압했다는 말입니까?"

"당신에게는 말해 주어도 모르오."

마씨는 한동안 후원에서 자아와 말다툼을 했다.

"부인에게 무엇을 깨닫게 해줄 수 있으리오? 내가 보는 풍수는 음양의 이치에 따른 것이오."

"당신은 운명을 헤아릴 줄도 압니까?"

"운명의 묘리야 잘 알지만 점을 보아줄 장소가 없을 뿐이오."

한창 말하는 사이에 송이인이 와서 보고 말했다.

"현제! 방금 천둥소리가 울렸는데 무엇을 보았소?"

자아는 요괴들을 물리친 일을 자세히 설명해 주었다. 송이인은 감사하며 말했다.

"현제가 그런 도술을 갖고 있으니 배운 것이 헛되지 않았구려."

손씨가 말했다.

"아주버님께서는 점을 칠 줄 알지만 장소가 없다고 합니다. 어디에 비어 있는 집이 있으면 한 칸을 아주버님께 드려 점치는 집으로 사용하도록 해주는 것도 괜찮겠습니다."

송이인이 말했다.

"그것 참 좋은 생각이오. 조가성 남문은 원래 번화한 곳이니 하인들에게 집 한 채를 치우게 하겠소. 이 어찌 어려운 일이겠소."

송이인의 분부에 머슴아이가 하루도 되지 않아 남문의 집을 깨끗하게 정돈해 놓고 몇 폭의 큰 족자를 붙여 놓았다. 왼쪽에는 '현묘한 하나의 이치만을 말한다'라고 쓰여 있었고, 오른쪽에는 '헛된 말은 한 마디도 하지 않는다'라고 쓰여 있었다.

내부에 또 한 폭의 족자를 붙여놓았는데, '무쇠처럼 굳은 입으로 인간사의 길흉을 꿰뚫어 말하며, 기이한 안광으로 세상의 성패를 잘 살핀다'는 내용이었다. 윗자리에 또 '소매 속은 건곤처럼 광대하고, 호리병 속은 일월처럼 장구하다'는 족자 한 폭도 붙어 있었다.

드디어 자아는 좋은 날을 택하여 점술가로 개업했다. 그러나 4·5개월이 지나도록 점치러 오는 사람이 보이지 않았다.

그러던 어느 날 유건劉乾이라는 나무꾼이 장작을 한 짐 짊어지고서 남문으로 왔다. 문득 점치는 집을 보고 그는 장작단을 내려놓고 쉬면서 '소매 속은 건곤처럼 광대하고, 호리병 속은 일월처럼 장구하다'라고 써놓은 족자를 읽었다.

유건은 본래 조가성의 건달이다. 호기심이 발동한 그는 점치는 집으로 들어가 자아가 엎드려 낮잠을 자고 있는 책상을 탁 쳤다. 자아가 깜짝 놀라 눈을 비비며 살펴보니 어떤 사람이 흉측한 눈빛으로 쳐다보고 있었다.

자아가 말했다.

"형씨! 점을 쳐 운명을 보렵니까?"

유건이 말했다.

"선생은 성씨가 어떻게 되시오?"

"내 이름은 강상이고 자는 자아이며 별호는 비웅이라 하오."

"선생께 묻겠는데 '소매 속은 건곤처럼 광대하고, 호리병 속은 일월처럼 장구하다'고 하는 댓글이 있는데 그것은 대체 무슨 뜻이오?"

"'소매 속은 건곤처럼 광대하다'고 하는 것은 바로 '과거와 미래를 판단하여 온갖 형상들을 감싼다'는 뜻이고, '호리병 속은 일월처럼 장구하다'고 하는 것은 '장생불사의 도술이 있다'는 것을 말하오."

"선생이 만일 과거와 미래를 안다면, 어디 한번 점을 쳐보시오. 맞는다면 20문의 돈을 드릴 것이나 틀린다면 주먹으로 몇 방 얻어맞고 두 번 다시 이곳에서 문을 열지 못하게 할 것이오."

자아는 마음속으로 괘씸한 생각이 들었다.

'몇 개월 동안 허탕만 쳤는데 오늘 겨우 이따위 손님하고나 마주치는군. 할 수 없지, 이것도 다 내 운명이라면 운명일 테니!'

이렇게 생각하고 나서 말했다.

"당신이 괘첩卦帖 하나를 고르시오."

자아가 말하자 유건은 괘첩 하나를 골라 건네주었다. 자아가 말했다.

"이 점괘는 당신이 내 말을 따라야만 정확할 것이오."

"반드시 선생의 말을 따르겠소."

"내가 첩 위에 네 마디의 글귀를 써줄 테니 주저할 것 없이 떠나시오."

자아는 첩 위에 다음과 같이 써주었다.

곧장 남쪽으로 나가면 버드나무 그늘 아래 한 노인이 쉬고 있을 것이며, 1백20문의 돈을 벌고 네 접시의 안주와 두 잔 술을 얻어마실 것이로다.

유건이 보고 나서 말했다.

"이 점괘는 맞지 않을 것이오. 내가 20여 년 동안 나무를 팔아봤지만 아무도 내게 안주와 술을 준 적이 없었소. 말하자면 당신이 틀렸다는 말이오."

"떠나시오. 틀림없다는 것을 보장하리다."

유건은 장작을 짊어지고 남쪽을 향해 걸어갔는데 과연 버드나무 아래에서 한 노인이 쉬고 있었다.

노인이 유건을 불러 말했다.

"장작을 이리로 가져오게."

유건은 속으로 생각했다.

'멋진 점이야. 과연 말대로 징험을 보이는군!'

노인이 물었다.

"이 장작은 얼만가?"

"1백 문입니다."

그는 일부러 20문을 깎아서 말한 것이다. 노인은 천천히 살피고 나서 말했다.

"좋은 장작이군! 바싹 잘 말랐고 더미도 크니 1백 문이라면 좋은 값이야. 수고스럽겠지만 좀 져다주게나."

유건은 장작을 집 안까지 지고 갔는데 마당에 낙엽이 많이 떨어져 있었다. 그는 본래 성품이 깨끗한 것을 좋아했으므로 빗자루를 들고 마당을 반들반들하게 깨끗이 쓸어놓았다.

가지런히 정돈을 끝내고 나서 돈 주기를 기다리고 있었는데, 노인이 밖으로 나와 땅바닥이 깨끗하게 쓸어져 있는 것을 보고 "오늘은 하인들이 부지런했군" 하고 말했다.

　유건이 대답했다.

　"노인장! 제가 쓴 것입니다."

　노인이 말했다.

　"젊은이, 오늘은 우리 아이가 혼인식을 마친 날이야. 헌데 자네같이 친절한 사람을 만났군. 더군다나 좋은 장작까지 사게 되었으니 기쁘기 한량없다네."

　노인이 말을 마치고 안으로 들어갔는데 잠시 뒤 한 아이가 안주 네 접시와 술 한 병을 들고 왔다.

　"원외께서 당신에게 드리라고 하셨습니다."

　유건은 탄식하며 말했다.

　"강 선생은 정말로 신선이로구나! 그러나 이 술을 한 잔 가득 마시고 나서 다시 부어 한 잔이 모자란다면 점이 정확하다고는 말할 수 없지 않은가?"

　유건은 한 잔 가득 부어 마시고 나서 다시 한 잔을 부어보았는데 전혀 예언과 차이가 없었다. 유건은 술을 마시고 나서 노인이 나오는 것을 보고 말했다.

　"원외께 감사드립니다."

노인은 두 뭉치의 돈을 들고 와서 먼저 한 뭉치 1백 문을 건네주면서 말했다.

"이것은 그대의 장작값이오."

또 20문의 돈을 유건에게 건네주며 말했다.

"오늘은 우리 집 아이에게 즐거운 날이므로 그대에게 위로금으로 주는 것이니 술을 사 들도록 하게나."

이에 유건은 놀라움과 기쁨이 교차되었다.

'어찌 이리 정확하단 말인가? 조가성에 신선이 오셨구나!'

유건은 지게를 지고 곧장 자아의 점집으로 달려갔다. 그때 자아는 유건을 아는 여러 사람들과 말을 나누고 있었다. 사람들이 앞을 다투어 유건의 흉을 보았다.

"강 선생! 유씨는 결코 좋은 사람이 아닙니다. 점이 맞지 않는다면 큰 낭패를 당하실 겁니다."

자아가 말했다.

"괜찮습니다."

얼마 되지 않아 유건이 나는 듯이 달려왔다. 사람들이 유건에게 물었다.

"점이 맞았소, 아니면 틀렸소?"

유건이 큰소리로 말했다.

"강 선생은 진정으로 신선이외다! 점이 딱 들어맞았

습니다! 조가성에 이렇게 도가 높은 분이 있다는 것은 만민에게 행복이니, 모든 사람이 길함을 좇고 흉함을 피할 수 있지 않겠습니까?"

"점이 맞았다면 사례금을 주시오."

"20문은 사실상 너무 약소하여 선생을 가볍게 여기는 것이 됩니다."

유건은 입 안에서 중얼거릴 뿐 돈을 꺼내지 않았다. 자아가 다시 말했다.

"점이 맞지 않았다면 쓸데없는 말을 한 것에 불과할 것이지만, 맞았다면 나에게 점값을 주는 것이 옳은 일일 텐데 어찌하여 주지 않는 것이오?"

"1백20문을 모두 선생께 드리더라도 선생을 무시하는 꼴이 됩니다. 선생께서는 서두르지 마시고 잠시 기다리십시오."

유건은 처마 앞에 서 있다가 남문 쪽에서 오는 어떤 사람을 붙잡았다. 그는 허리에 가죽 띠를 두르고 무명적삼을 걸치고 나는 듯한 빠른 걸음으로 다가오고 있었다.

그가 말했다.

"어째서 나를 붙잡는 거요?"

"별다른 일이 아니외다. 당신에게 점 한번 보라고 붙잡는 것이오."

"긴급한 공문이 있어서 가는 길이니 점을 칠 생각이 없소이다."

"내가 권하는 이 선생님은 점이 매우 정확하오. 그러니 점을 쳐보고 그 말대로 한번 따라해 보시오. 호의를 베푸는 것이니 내 호의를 무시할 생각일랑 하지 마시오."

"호의라고? 정말 웃기는군! 갈길 바쁜 사람을 붙잡아 놓고 난데없이 점을 치라니. 비키시오! 나는 점을 칠 생각이 없소."

유건은 화가 잔뜩 나서 그에게 계속 점을 치라고 다그쳤으나 그는 끝까지 점을 치지 않겠다고 버텼다. 그러자 유건이 말했다.

"당신! 점을 치지 않겠단 말이지. 내가 당신과 함께 강으로 뛰어들어 운명을 같이하겠다면 어쩌겠소!"

유건이 그를 끌어당겨 강가로 달려가자 사람들이 말했다.

"저 친구 유씨에게 걸려들었으니 별 도리 없겠군!"

마침내 그 사람이 말했다.

"아무 일도 없는 사람에게 무슨 점을 치라고 그래요?"

유건이 말했다.

"쳐 보라니까! 점이 틀리면 내가 당신 돈을 돌려줄 것이고, 맞는다면 내게 술이나 한 잔 사란 말이야."

그 사람은 유건이 겁을 주면서 몰아세우자 별 도리 없이 자아의 집으로 갈 수밖에 없었다. 그는 아주 긴급한 공무가 있었으므로 팔자를 보는 것에는 관심도 없이 "점괘를 보시오" 하면서 시큰둥하게 괘첩 하나를 뽑아 자아에게 건네주었다.

자아가 말했다.

"이 점괘를 어떤 용도에 쓰렵니까?"

"지세地稅를 독촉하려고 그럽니다."

"괘첩을 당신에게 줄 것이니 가지고 가서 증험해 보시오. 이 괘는 간艮에서 만났으니 지세는 물을 필요도 없이 받을 것인데, 모두 1백3정의 돈을 거둘 것이오."

그 사람은 괘첩을 받아들고 물었다.

"선생께서는 한 번 점치는 데 돈을 얼마나 받습니까?"

유건이 말했다.

"이 점은 다른 점과는 다르니 한 번 보는 데 5전이오."

그가 말했다.

"당신은 선생도 아니면서 무엇 때문에 가격을 마음대로 부르는 것이오?"

유건이 말했다.

"맞지 않으면 돌려드리겠소. 한 번 점치는 데 5전을 낸다면 당신에게도 괜찮을 것이오."

그는 공무를 그르칠까 두려워 다급히 5전의 은전을 지불하고 떠났다. 유건이 자아에게 사과하자 자아가 말했다.

"잘 돌봐줘서 고맙소."

사람들은 자아의 집 앞에서 지세를 독촉하는 일이 어떻게 될지를 지켜보았다. 한 시각쯤 지나자 지세를 받으러 떠났던 사람이 돈을 받아가지고 자아의 점집 앞에 도착하여 말했다.

"선생은 진실로 세상에 나온 신선입니다. 과연 선생의 말대로 1백3정의 돈을 받았습니다. 정말 한 번 점치고서 5전을 낸 것이 헛되지 않았소이다."

자아는 이때부터 조가성에 명성이 자자해졌다. 군민들이 모두 와서 점을 치고 그때마다 5전씩 냈다. 자아가 은자를 거둬들이자 마씨는 기뻐서 어쩔 줄 몰랐고 송이인은 마음이 매우 흡족했다.

어느덧 세월은 흘러 해와 달이 바뀌고 반년이 지난 뒤에는 먼 곳에까지 명성이 자자해져서 많은 사람들이 몰려와 점을 쳤다.

한편 남문 밖 헌원씨 무덤 속에는 비파정琵琶精이라고 하는 옥석玉石요괴가 있었는데, 조가성에 들러 달기를 만나기도 하고 궁중에서 궁인들과 밤참을 나눠먹는 처지까지 되는 요괴였다. 비파정이 배불리 먹고 여러 곳을 살피다가 천자의 화원에 들리니 태호 섬돌 아래에 백골이 널려 있었다. 요괴인 비파정마저도 섬뜩한 정경이었다.

비파정이 궁궐을 다 둘러보고 나와 요사스런 빛을 타고 동굴로 돌아가는 길에 남문을 지나게 되었다. 마침 그곳에서 여러 사람들이 모여 웅성거리는 소리가 들려왔다. 요괴가 요사스런 빛을 헤치고 살펴보니 바로 자아가 점을 치고 있었다.

요괴는 혼자 중얼거렸다.

"저 자가 어찌 점을 치는지 좀 살펴볼까?"

요괴는 둔갑하여 상복 입은 여자로 변장하고는 교태롭게 유혹하는 듯이 허리를 간들거리면서 말했다.

"여러 군자들께 양해를 구하니, 제가 먼저 점을 쳐보고 싶습니다."

사람들은 차례를 양보하여 양쪽으로 길을 비켜주었다. 자아는 마침 점을 치고 있다가 한 부인이 오는 것을 보니 수상쩍기 그지없었다. 자아는 눈빛을 고정시켜 살펴보고 나서 요괴라는 것을 알아차리고 속으로 가만히 생각했다.

'고얀년! 변장까지 하고 와서 나를 시험해 보려고 하

는군. 오늘 이 요괴를 제거하지 않으면 언제 또 기회가 오겠는가?'

이어서 자아는 말했다.

"점치러 오신 여러 군자들! '남녀간에는 손을 주고받으면서도 친하게 지내서는 안되는 것'이라 했으니, 먼저 이 부인의 점을 친 뒤에 차례대로 점을 보는 것이 어떻겠소?"

사람들이 말했다.

"좋습니다. 부인에게 먼저 점을 치도록 하겠소."

요괴가 안쪽으로 들어가 앉으니 자아가 말했다.

"부인, 오른손을 한번 보여주시오."

"선생께서는 운명을 점친다 하던데 관상도 볼 줄 아십니까?"

"먼저 관상을 보고 나중에 운명을 살핍니다."

요괴는 몰래 조소하며 오른손을 건네주었다. 자아는 요괴의 손마디와 혈맥을 단단히 쥐고서 단전 가운데의 원기를 화안금정火眼金睛에 옮겨실어 요사스런 빛을 가로막았다. 자아는 아무런 말도 하지 않고 오로지 똑바로 쳐다볼 뿐이었다.

부인이 말했다.

"선생께서는 어찌하여 관상을 보고서도 아무런 말이

없으십니까? 더구나 나는 아녀자인데 어찌하여 이리 내 손을 꽉 잡고 계십니까? 빨리 손을 놓으십시오. 주위에서 보고 있는데 이 무슨 짓이오!"

옆에서 보고 있던 사람들은 오묘한 이치를 몰랐으므로 모두 크게 소리쳤다.

"강 선생! 그대는 나이 많은 노인인데 어찌하여 이런 몹쓸 행동을 하시오? 미색을 탐하면서 사람들을 속이다니 오늘날과 같은 천자의 세상에서 어떻게 이런 무지한 짓을 한단 말이오! 참으로 추악하기 그지없구려!"

자아가 말했다.

"여러분! 이 여자는 사람이 아니라 요망한 요괴일 뿐이오."

사람들이 믿지 않고 말했다.

"허튼소리 마시오! 분명히 여자인데 어찌 요괴라 하시오?"

빽빽이 둘러싸고 지켜보던 사람들이 함께 고함을 질렀다.

자아는 곰곰이 생각해 보았다.

'여자를 놓아준다면 요괴는 달아날 것이고 흑백을 가리기가 어려울 것이다. 이미 여기에까지 이른 이상 요괴를 제거해야만 나의 명성이 널리 퍼질 것이다.'

마침 자아는 빈손이었고 주위를 둘러보니 단지 돌벼루 하나가 있었다. 자아는 벼루를 집어들어 요괴의 정수리를 향해 힘껏 내리쳤다. 요괴는 골이 부서지고 피가 분출하여 온몸이 피범벅이 되었다. 그럼에도 자아는 여전히 혈맥을 틀어쥔 채 요괴가 둔갑하지 못하도록 했다.

주위 사람들이 외쳤다.

"도망가지 못하게 막아라."

사람들은 이어서 "점쟁이가 사람을 죽였다!"고 외치면서 겹겹으로 자아의 점집을 에워쌌다. 잠시 뒤 길을 지나던 아상 비간이 말을 타고 도착하여 좌우 사람들에게 물었다.

"무엇 때문에 이리 많은 사람들이 모여 소란을 피우는고?"

사람들이 일제히 말했다.

"승상께서 오셨으니 강상을 잡아 어른께 보이자!"

비간이 말을 세워놓고 무슨 일인지를 묻자 안에서 소란을 주도하던 사람이 꿇어앉아 아뢰었다.

"승상께 아룁니다. 여기 점쟁이가 있는데 이름은 강상이라 합니다. 방금 전에 점을 치려고 온 여자가 있었는데, 그가 여자의 예쁜 용모를 보고 문득 유혹하려 했습니다. 여자가 정조를 지키며 따르려 하지 않자 강상은 음흉한 마음을 일으켜 벼루로 그녀의 정수리를 내리쳤습니다. 가엾게도 온몸을 피로 물들이고 비명에 죽고 말았습니다."

비간은 군중들이 하는 말을 듣고 대노하여 좌우 사람들에게 잡아오라 했다. 자아는 한 손에 요괴를 잡아끌고서 말 앞에 꿇었다.

비간이 말했다.

"그대를 보니 백발이 성성한 늙은이거늘 국법을 무시하고 대낮에 간음을 하려 했는가? 여자는 정조를 지키려 했다는데 무엇 때문에 벼루로 쳐죽였는가! 인명은 하늘에 달려 있으니 어찌 불한당을 용납할 수 있으리오! 명명백백 심문하여 국법을 바로잡겠노라."

자아가 말했다.

"높으신 나으리! 저에게 설명의 기회를 허락해 주소서. 저는 어릴 때부터 독서하여 예의를 지켜왔는데 어찌 국법을 어기겠나이까? 다만 이 여자는 사람이 아니고 요괴일 따름입니다. 요사이 살펴보니 요사스러운 기운이 궁중을 관통하고 액운이 천하에 널리 퍼져 있는데, 천자의 백성으로서 크나큰 은혜를 입고 있으니, 요사스러운 괴물을 제거하고 사악한 마귀를 소탕하여 백성된 도리를 다할까 합니다. 이 여자는 요괴임에 틀림없는데 어찌 감히 잘못이 있겠습니까? 승상께서는 바로 살펴 유약한 백성들에게 살길을 열어주소서."

주위사람들이 모두 꿇어엎드려 말했다.

"승상! 이 사람은 강호의 술사로서 교묘한 언사로 간교함을 가리고 승상을 속이고 있습니다. 여러 사람들이 보았는데 분명히 흉심을 품고 유혹하다가 제멋대로 때려죽였습니다. 그의 말을 믿는다면 가엾게도 여자는 억울함을 품을 것이고 백성들의 뜻을 저버리는 처사가 될 것입니다."

비간은 여러 사람들이 분분하게 떠드는 소리를 들었으나 또한 자아가 부인의 손을 꽉 붙잡고 놓아주지 않는 것을 보고 그에게 물었다.

"강상, 자네 말대로라면 요괴가 이미 죽었는데 무엇 때문에 손을 놓지 않는 것인가?"

자아가 대답했다.

"제가 만일 놓으면 요괴는 달아날 것이니 무엇을 가지고 증거를 댈 수 있겠습니까?"

비간은 자아의 말을 듣고 나서 사람들에게 분부했다.

"이곳에서는 판결을 내릴 수가 없으니 천자께 아뢴 다음에 흑백을 가리도록 하겠노라."

사람들은 자아를 에워쌌고 자아는 요괴를 끌고서 궐

문으로 갔다. 비간이 적성루에 이르러 명을 기다리자 천자는 비간의 알현을 허락했다. 비간은 안으로 들어가 엎드려 아뢰었다.

천자가 하문했다.

"짐은 아무런 교지도 내리지 않았는데, 경은 무엇을 아뢰려 하오?"

비간이 자초지종을 아뢰었다. 이때 달기는 뒤쪽에서 비간이 아뢰는 말을 듣고 몰래 슬퍼했다.

'동생은 동굴로 돌아갈 일이지 하필이면 점을 칠 게 뭐람! 지금 불한당에게 죽임을 당했으니 기필코 너의 원수를 갚아주리라!'

달기는 천자를 뵙고 말했다.

"폐하께 아뢰오이다. 아상이 상소한 것은 그 진위를 분별하기가 어렵사오이다. 주상께서 명하시어 술사와 여자를 적성루 아래로 끌어오도록 하소서. 소첩이 한 번 보면 분명히 알 것이오니다."

천자가 하명했다.

"그대의 말대로 하리라. 술사와 여자를 적성루 아래에 대령토록 하라."

명령이 전해지자 자아는 요괴를 적성루로 끌어왔다. 섬돌 아래에 엎드리면서도 여전히 오른손으로 요괴를 꽉 쥐고 놓지 않았다.

천자가 물었다.

"섬돌 아래 엎드려 있는 사람은 누구인가?"

"저는 동해의 허주許州사람으로 강상이라 하옵니다. 어려서부터 훌륭한 스승을 찾아다니며 비밀리에 음양의 이치를 전수받아 요괴를 잘 식별할 줄 아옵니다. 저는 도성에 살면서 남문에서 생업을 영위하고 있는데, 뜻밖에도 요괴가 기괴한 짓을 하여 저를 미혹하기에, 저는 천기를 간파하고 요괴를 조야에서 소탕하여 조가를 정숙하게 하려 했습니다. 저는 한편으로는 황제께서 도성에 베푼 은혜에 감동했고 또 한편으로는 사부께서 비술을 전수해 준 덕에 보답하려 했습니다."

"짐이 보기에 이 여자는 사람의 형상이며 결코 요괴가 아니로다. 어디에도 이상한 점이 없다."

"폐하께서 요괴의 참모습을 보고자 하신다면 몇 단의 장작을 가져오게 하여 이 요괴를 불태운다면 참모습이 드러날 것입니다."

천자가 명하자 장작을 누대 아래에 운반해 놓았다. 자아는 부인符印을 사용하여 요괴의 이마를 원형대로 고정시켜 놓고는 손을 풀었다. 그런 다음 여자의 옷을 풀어헤치고서 가슴에는 부적을, 등에는 부인符印을 사용하여 요괴의 사지를 눌러놓고 불을 놓았다.

두 시각여를 태웠지만 요괴의 몸은 조금도 불에 타지 않았다. 천자는 아상인 비간에게 물었다.

"짐이 두 시각이나 지켜보았는데, 몸이 전혀 타지 않으니 정말 요괴로군!"

비간이 아뢰었다.

"이 일을 보면 강상은 기인임에 틀림없습니다. 다만 이 요괴가 어떻게 생겼는지를 모를 뿐입니다."

"경은 그에게 물어보시오. 요괴가 과연 어떤 물건의 정령인지를!"

비간이 누대를 내려가 자아에게 묻자 대답했다.

"이 요괴의 참모습을 드러내 보이는 것은 어려운 일이 아닙니다."

자아는 삼매진화三昧眞火를 사용하여 요정을 불태워 버렸다.

17

紂王無道造躉盆

무도한 **천자**가
채분 형벌을 만들다

 강자아가 사용하여 요괴를 불태운 삼매진화는 여느 불과는 달라서 눈·코·입으로부터 뿜어져 나온 것이다. 바로 정精·기氣·신神이 3매昧를 연마하여 불의 정수를 양성하고 일반의 불과 함께 한데 어우러졌다. 그러니 요물이 어찌 견딜 수 있었겠는가! 요물은 불꽃 속에서 허물어지기 시작하면서 크게 외쳤다.

 "강자아! 나는 너와는 원한도 없고 원수도 아닌데, 어찌하여 삼매진화로 나를 태우는가?"

 천자는 불 속에서 요물이 하는 말을 듣고 등에 땀이

축축할 정도로 배었다. 다만 깜짝 놀라 멍하니 바라볼 뿐이었다.

자아가 아뢰었다.

"폐하, 누대로 오르소서. 천둥이 칠 것입니다."

자아가 양손을 펴자 문득 뇌성벽력이 천지를 진동하면서 불과 연기가 사라지고 한 개의 옥석비파玉石琵琶가 나타났다.

천자가 달기에게 말했다.

"이 요괴가 드디어 참모습을 드러냈군."

이를 지켜보는 달기는 가슴을 칼로 도려내는 듯 아파 소리없는 고통의 소리를 질렀다. 그렇지만 겉으로야 태연하지 않을 수 없었다.

달기는 억지로 웃으면서 아뢰었다.

"폐하께서 좌우 사람들에게 옥석비파를 누대 위로 가져오도록 하십시오. 제가 실로 꿰어 아침저녁으로 폐하와 함께 침소에 들어가 감상하며 즐겁게 놀고 싶사오이다. 제가 보건대 강상은 재주와 도술이 모두 비상하니 조정에서 어거御車를 지키는 사람으로 임명하는 것이 좋겠사오니이다."

"그대의 말이 참 훌륭하도다."

천자는 명을 전했다.

"옥석비파를 누대 위로 가져오라. 강상은 짐이 관직을 수여할 것이니 하대부에 제수하고 사천감직司天監職을 맡아 수행하면서 시중을 들라."

자아는 은혜에 감사히 절하고 궐문 밖으로 나와 사모관대를 쓰고 송이인의 집으로 돌아왔다. 송이인은 술자리를 마련하여 융숭히 대접했고 친구들이 모두 와서 축하했다.

여러 날을 술 마시고 즐기다가 자아는 다시 도성으로 가서 임무를 수행했다.

한편 달기는 옥석비파를 적성루 위에 놓아두고서 천지의 신령스러운 기운을 흡수하고 일월의 정화를 받아들이게 하여 5년이 지난 뒤에 본래대로 환원시켜 성탕의 천하를 망하게 하려는 주문을 외웠다.

어느 날 천자는 적성루에서 달기와 주연을 즐겼는데, 주흥이 무르익자 달기는 한바탕 가무를 펼치면서 천자와 함께 흥겨워했다. 3궁의 비빈들과 6원院의 궁인들이 일제히 환호하며 갈채를 보냈다.

그러나 그들 가운데 70여 궁인들은 갈채를 보내지도 않았고 눈자위에 눈물흔적이 있었다. 달기는 그 모습을 보자 가무를 멈춘 채 그들이 어느 궁의 사람들인지를 묻게 했다. 봉어관이 조사하니 모두 중궁 강 황후를 모시던 궁인들이었다.

달기가 노하여 말했다.

"너희들의 주모主母는 역모를 꾸몄기에 죽음을 받았거늘 도리어 원망을 품고 있으니 나중에 반드시 궁궐의 근심이 될 것이다."

달기가 아뢰자 천자가 크게 노하여 명했다.

"누대 아래로 끌어내 모두 금과金瓜로 때려 죽여라."

달기가 아뢰었다.

"폐하, 이 역당들을 때려죽일 필요는 없으니 잠시 차가운 방으로 압송해 두시옵소서. 첩에게 한 가지 계책이 있으니 궁중의 큰 폐단을 제거할 수 있사오이다."

봉어관이 곧 궁녀들을 차가운 방에 가두었다.

달기가 또 왕에게 아뢰었다.

"적성루 아래에 24장丈의 원형 구덩이를 만들고 5장 깊이로 파시옵소서. 폐하께서는 도성 안 만민들에게 매 가구당 네 마리의 뱀을 상납케 하여 모두 이 구덩이 속에 넣도록 명하소서. 사단을 일으키는 궁인들을 싹 쓸어다가 구덩이 속에 넣어버리면 독사들을 배불리 먹이게 될 것이니, 이 형벌을 일컬어 '채분蠆盆'이라 하오이다."

천자가 말했다.

"그대의 기이한 방법은 참으로 궁중의 큰 폐단을 척결할 수 있을 것이오."

천자의 명에 따라 도성의 각 문마다 방이 나붙었다. 국법은 삼엄하여 만민은 고통스러웠으나 명령과 기한에 따라 용덕전으로 뱀을 바쳤다. 도성에는 뱀이 많지 않았으므로 백성들은 먼 곳의 현에까지 가서 뱀을 사다가 바쳐야만 했다.

어느 날 상대부로 문서당직을 맡고 있던 교격膠鬲은 백성들이 두세 명씩 짝을 짓고 4·5명이 한데 어울려 손에 광주리를 들고 대전으로 들어가는 것을 보았다.

대부는 대전을 지키는 집전관에게 물었다.

"이 백성들이 손에 광주리를 들고 있는데, 속에 무엇이 들어 있는가?"

"만민들이 뱀을 바치고 있습니다."

대부는 크게 놀라 말했다.

"천자께서 뱀을 어디에 쓰시려고 하는 것인가?"

"저는 알지 못합니다."

대부가 문서방을 나와 대전에 이르렀을 때 백성들이 대부를 보고 절했다.

교격이 말했다.

"너희들이 가지고 온 것은 무슨 물건이냐?"

백성들이 말했다.

"천자께서 방문을 써서 각 대문마다 고시하기를, 한 가구당 네 마리의 뱀을 상납토록 했습니다. 도성 어디에 이렇게 많은 뱀이 있겠습니까? 모두 1백 리 밖에서 뱀을 사서 바치는 것입니다. 그러나 성상께서 어디에 쓰시는지는 잘 모르겠습니다."

"너희들은 가서 뱀을 바쳐라."

대부는 문서방에 들어갔는데, 문득 무성왕 황비호와 비간·미자·기자·양임·양수가 모두 이르러 상견례를 마쳤다.

교격이 말했다.

"여러 대인들이 알다시피 천자께서는 백성들에게 가구당 네 마리의 뱀을 상납토록 명을 내리셨다는데, 이것을 어디에 쓰시는지는 아무도 모릅니다."

황비호가 대답했다.

"소장이 어제 훈련을 마치고 돌아오다가 백성들이 말하는 것을 들었는데, 이번 일로 모두 원망하지 않는 사람이 없습니다. 이 때문에 오늘 여기에 모였으니 여러 대인들께서는 자세한 사정을 알고 계십니까?"

비간과 기자가 말했다.

"우리들도 전혀 모릅니다."

황비호가 집전관을 불렀다.

"집전관은 이리 와서 내 분부를 들으라. 천자께서 이 물건을 어디에 쓰실 것인지를 알아보라. 사실이 알려지면 속히 와서 보고하라."

집전관은 명을 받고 떠났으며 여러 대인들도 이어 해산했다.

한편 여러 날이 지나서야 백성들 모두가 뱀을 상납하게 되었다. 뱀을 거두는 관리가 적성루로 가서 보고했다.

"도성 안 백성들이 뱀을 상납하는 일을 모두 마쳤습니다."

천자가 달기에게 물었다.

"구덩이 속에 뱀을 모으는 일이 끝났으니 그대는 어떻게 이를 처리하겠는가?"

"폐하께서는 명을 내리소서. 예전에 잠시 불유궁不遊宮에 거하게 했었던 궁인들을 모두 옷을 벗기고 포승으로 등을 묶어서 구덩이 속으로 밀어넣어 뱀들을 배불리 먹이소서. 이러한 극형이 없다면 궁중에서 벌어지는 심중한 폐단은 제거하기가 어려울 것이오이다."

"그대가 설치한 이 형벌은 참으로 간악한 것들을 제거하는 요법이로다."

봉어관이 명을 받들고 곧장 궁인들을 포송하여 구덩이 옆에 이르게 했다. 궁인들은 수만 마리의 사나운 뱀들이 머리를 쳐들고 혀를 날름거리는 것을 보자 똑바로 쳐다보지도 못하고 일제히 비명을 질렀다.

이때 교격은 문서방에 있으면서 이 일에 대해서 날마다 전해 듣고 슬픔에 가득 차 있었다. 대부가 문서방을 나오자 집전관이 황급히 와서 보고했다.

"대부께 아룁니다. 지난번 천자께서 뱀을 모아 큰 구덩이 속에 넣어두었는데, 오늘 72명의 궁인을 모조리 잡아다가 구덩이 속으로 밀어넣어 뱀의 먹이로 삼는답니다. 소신은 사실을 확인하고 와서 보고드립니다."

교격은 듣고서 격앙했다. 곧장 내정 안 분궁루로 나아가 적성루 아래에 이르렀는데, 많은 궁인들이 실오라기 하나 걸치지 않은 알몸으로 등이 묶인 채 얼굴 가득 눈물을 흘렸다. 여기저기에서 비통에 찬 절규의 목소리도 있었다. 처참하여 차마 눈을 뜨고 보기가 어려운 광경이었다.

교격은 자기도 모르게 성난 목소리로 외쳤다.

"벌건 하늘 아래 어찌 이런 일을 행할 수 있단 말인가? 내가 나아가 상소하리라!"

천자는 마침 독사들이 궁인들을 할퀴는 것을 즐거움

으로 삼아보려는 순간이었는데, 뜻밖에도 대부 교격이 상소한다 했다. 천자는 교격이 누대로 올라와 엎드리는 것을 허락하고 물었다.

"짐은 교지도 내리지 않았는데 경은 무엇을 아뢰려 하오?"

교격은 눈물을 흘리며 아뢰었다.

"신은 다른 일을 아뢰는 것이 아니옵니다. 폐하께서 참혹한 형벌을 율법에 맞지 않게 만들어 시행함으로써 백성들은 고통을 당하고 임금과 신하는 서로 멀어지며 상하가 서로 통하지 아니하고 우주의 운행이 막히는 형상을 이루게 되었습니다. 지금 폐하께서는 또다시 그릇된 형벌을 사용하려 하는데 궁인들이 무슨 죄를 지었습니까? 어제 신은 만민이 뱀을 바치는 것을 보았는데 모두들 원망하는 말을 했습니다. 지금 가뭄이 자주 들고 게다가 백 리 밖에서 뱀을 사오게 했으니 백성들은 불안하게 여길 것입니다. 신이 듣자오니 백성이 가난해지면 도적이 되고 도적이 모이면 난이 생긴다고 했습니다. 하물며 해외에서 봉화가 자주 올라오고 제후들이 배반하며 동쪽과 남쪽 두 곳에서는 편안한 날이 없으니, 백성들은 날마다 난을 생각하고 사방에서 일어나는 병란을 새 세상이 일어나는 징조로 여긴다면 어찌하시렵니까?

폐하께서는 인정은 닦지 아니하시고 날마다 폭정을 일삼으시니 이를 어찌합니까? 반고盤古로부터 지금까지 일찍이 본 적이 없던 이 형벌은 도대체 그 명칭이 무엇이옵니까? 어느 대의 군왕이 만들었습니까?"

"궁인들이 풍기를 문란케 했으나 제거할 방법이 없었는데, 계속하여 고치지 않기에 이 형벌을 만들었소. 그 이름은 '채분'이라 하오."

"사람의 4지는 피육皮肉으로 되어 있는데 비록 귀천에 예외없이 모두 똑같습니다. 지금 구덩이 속에 넣어 독사의 먹이가 된다면 그 고통은 극심하여 이루 형용할 수 없을 것입니다. 폐하께서는 이를 보시고 마음속으로 어찌 차마 즐거울 수가 있겠습니까? 하물며 궁인들은 모두 여자로서 아침저녁으로 곁에서 폐하를 모시면서 시중을 들었을 뿐인데 무슨 큰 잘못을 범했기에 이렇게 참혹한 형벌을 당해야 하옵니까? 바라옵건대 폐하께서는 궁인들을 용서해 주시어 황상의 넓으신 은혜를 진실하게 하며 상천의 호생지덕好生之德을 본받으소서."

"경이 간하는 것도 일리가 있는 것 같으나, 지척의 우환을 어찌 가벼운 형벌로 다스리겠는가? 하물며 시녀들이 폐단을 음모함에 있어서랴? 이같이 하지 않는다면 저들은 결코 경계를 알지 못할 것이오."

교격이 성난 목소리로 말했다.

"지금 폐하께서는 덕을 잃고 있으며 신하의 고언을 듣지 않고 망령되이 폭정을 행하시고도 고칠 마음이 없고 천하의 제후로 하여금 원한을 품도록 했습니다. 동백후는 무고하게 살육되었고 남백후는 조가에서 원통하게 죽었습니다. 또한 간언하는 관리들은 모두 포락의 형벌을 당했습니다. 그런데도 지금 또 무고하게 궁녀들을 채분의 형벌에 처하고 있습니다. 폐하께서는 구중궁궐에서 향락을 즐기면서 참언과 아첨을 듣고 술통에 빠져 주정을 일삼는 것만을 알고 있습니다. 참으로 중한 병증이 가슴속에 있는 것과 같은데도 언젠가는 발병하리라는 것을 알지 못하고 있습니다. 진실로 '큰 악창이 터지고 나면 생명도 뒤따른다'라는 상황입니다."

교격의 말은 더욱 격앙되어 갔다.

"폐하께서는 어찌 반성하지 아니하고 오로지 욕망을 좇아 법도를 무너뜨릴 뿐, 어떻게 해야 국가가 반석처럼 튼튼해질까 하는 생각은 하지 않으십니까? 선천자께서 근검절약하고 하늘과 백성을 경외하여 비로소 사직을 태평하게 보호하고 오랑캐들이 모두 복종했음을 생각해 보옵소서. 폐하께서 악을 고치고 선을 좇으며 현자를 가까이 하고 여색을 멀리하며 말재주를 부리는 사람을 물리치고 충언하는 사람을 등용해야만이 종사를 지켜 국가와 백성이 크게 편안해질 것을 어찌 모르십니까?"

직언을 듣는 천자의 용안은 점점 굳어져 갔다.

"신 등은 아침저녁으로 노심초사하면서 폐하께서 혼미함에 빠져 백성들이 두 마음을 품고 재앙이 멋대로 생기는 것을 차마 보지 못하겠으니, 이는 종묘사직이 폐하 혼자만의 소유가 아니기 때문입니다. 신이 어찌 심오한 말을 하오리까? 폐하께서 천하를 조종祖宗으로 중히 여기시고, 망령되이 여자의 말만 듣고 충간의 말을 버리지 않으시기를 바랄 뿐입니다."

마침내 천자가 대노하여 말했다.

"저놈이! 어찌 감히 무례하게 군왕을 모욕하는고? 내 도저히 용서하지 못하리라!"

곧장 좌우를 둘러보며 엄히 명했다.

"즉시 저놈을 결박하여 채분에 집어넣어 국법을 바로잡으렷다!"

사람들이 막 잡으려 하자, 교격이 크게 꾸짖었다.

"무도한 혼군! 간하는 신하를 살육하는 것은 나라의 큰 우환임을 모르는가! 나는 차마 누백 년 성탕 천하가 하루아침에 넘어가는 것을 보지 못하겠으니 죽더라도 눈을 편히 감지 못할 것이다. 하물며 나는 언관의 직분에 있는 관리인데 어찌하여 채분에 집어넣으려 하느냐?"

교격은 손가락으로 천자를 가리키며 계속 욕설을 퍼부었다.

"어리석은 임금이여! 이렇게 제멋대로 포악을 떤다면 결국 서백西伯의 말대로 될 것이로다!"

대부는 말을 마치고 적성루 아래로 떨어져 골이 터지고 피를 흘리며 비명에 죽었다.

천자는 이를 보고 더욱 크게 성내며 명했다.

"궁녀들을 채분에 밀어넣고 교격도 함께 뱀의 먹이가 되게 하라."

가엾은 72명 궁인들은 일제히 목소리를 높여 말했다.

"하늘이여! 땅이여! 저희는 행동에 그릇됨이 없는데 어찌하여 이처럼 참혹한 형벌을 만나게 하시나이까? 달기, 이 나쁜 년! 우리들이 살아서 너를 잡아먹을 수는 없지만 죽은 다음에라도 기필코 너의 음흉한 혼백을 씹어먹고 말리라!"

궁인들은 구덩이 속에 떨어지고 말았다. 굶주린 독사들이 일제히 달려들어 휘감으면서 궁인들의 새하얀 살을 물어뜯었다. 천지간에 이런 끔찍한 광경은 없었다.

궁인들은 죽어가면서 고통에 겨운 외마디 소리를 질러댔다. 달기가 말했다.

"이 형벌이 없었다면 어찌 궁중의 큰 걱정거리를 제거할 수 있겠습니까?"

천자는 손으로 달기의 등을 토닥이며 말했다.

"그대의 기발한 형법은 기가 막힐 정도요!"

보고 있던 주위 궁인들의 가슴도 찢어질 듯 쓰렸다.

달기가 또 아뢰었다.

"폐하께서는 다시 명하여 채분의 왼쪽에 연못을 파고 오른쪽에 늪을 파게 하소서. 연못 속에는 술지게미로 쌓인 언덕을 만들고 오른쪽은 술로 연못을 만드소서. 또한 지게미로 된 언덕 위에는 나뭇가지를 가득 꽂아놓고 고기를 얇은 조각으로 썰어 나뭇가지에 걸어두소서. 그것을 '육림肉林'이라고 이름짓고, 오른쪽에는 술을 가득 부어 그것을 '주해酒海'라 이름 하소서. 천자는 4해를 소유했으니 응당 무궁한 부귀영화를 누려야 합니다. 이러한 육림과 주해는 천자와 같이 지존이 아니면 함부로 향유할 수 없습니다."

"참으로 기발한 생각이로다."

즉시 명령이 떨어졌다.

여러 날이 걸려 주지酒池와 육림이 만들어졌다. 천자는 연회를 열어 달기와 함께 육림과 주지를 감상했다. 술을 마시려는 순간 달기가 아뢰었다.

"음악은 지겹고 노래는 평범한 것이니 폐하께서 명을 내려 궁인과 환관에게 서로 넘어뜨리는 싸움을 하도록 명하소서. 승리한 사람은 연못 속에서 술을 먹도록 하지만, 패한 사람은 무용한 사람으로서 그런 사람이 어전에서 시중을 드는 것은 천자를 욕되게 하는 것과 같으니, 쇠몽둥이로 쳐 죽여 술지게미 속에 놓아두소서."

달기가 말을 마치자 왕은 무엇에 홀리기라도 한 듯이 그대로 좇아 명을 내렸다.

"궁인과 환관에게 넘어뜨리는 싸움을 하게 하라."

안타깝게도 이 요마는 궁중 안에서 못할 일이 없었으니 궁인과 환관들은 재앙을 당해 애꿎은 목숨을 잃었다.

그러나 그것은 다만 고통을 즐겨 관람하기 위해서만은 아니었다. 달기가 왜 궁인을 때려죽이고 술지게미 속에 넣어두도록 했을까? 달기는 간혹 한밤중에 본모습을 드러내어 술지게미 속의 궁인들을 먹고 피를 마심으로써 자신의 요사스런 기운을 기르고자 했던 것이다. 그렇게 해서 달기는 아름다움을 잃지 않고 천자를 계속 미혹시킬 수 있었다.

후세사람들이 이 광경을 보고 시로 읊었다.

고기를 매달아 숲을 만들고 술로는 연못을 만드니,

주왕은 무도함이 궁기窮奇와 비슷했네.
채분의 원기는 하늘을 찌르고,
포락의 정혼精魂은 인가를 맴도네.
문무의 신하들은 사직을 보존할 마음이 없어졌고,
군민들은 궁궐을 파괴할 뜻이 생겼네.
앞으로 나라가 어느 때에 망할까?
무오년 갑자일이 바로 그날이로다.

궁기窮奇는 요임금 때의 4흉 가운데 한 사람이다.

천자는 달기의 말을 신임했기 때문에 주지와 육림을 만들고도 조금도 거리낌이 없었다. 조정의 기강은 정돈되지 않고 음행은 마음대로 저질러졌다.

어느 날 달기는 문득 옥석비파의 원한을 갚을 생각을 했다. 마침내 한 계책을 꾸며 자아를 해치려고 그림 하나를 만들었다. 적성루에서 천자와 술잔치를 벌이던 날 주흥이 도도히 무르익었을 때 달기가 아뢰었다.

"첩에게 그림 하나가 있으니 보여드릴까 하나이다."

달기는 궁인에게 그림을 가져오라 명했다. 그림을 가져오자 천자가 말했다.

"이 그림은 새도 아니고 짐승도 아니며 산수를 그린 것도 아니고 그렇다고 사람을 그린 것도 아니로군."

그것은 누대그림이었다. 높이는 4장 9척으로 전각이

높이 치솟았다. 지붕을 옥으로 덮고 마노로 난간을 다듬었으며 명주明珠로 들보와 기둥을 장식하여 밤에도 광채를 띠며 상서로운 빛깔을 발했는데 이름하여 '녹대鹿臺'라 했다.

달기가 아뢰었다.

"폐하께서 날마다 누대 위에 연회를 베풀면 자연히 선인과 선녀가 하강할 것이오이다. 폐하께서 진짜 신선들과 즐거이 노신다면 만수무강을 누릴 것이며 복록도 무궁할 것이나이다. 폐하께서는 첩과 함께 덕담을 나누면서 영원토록 인간의 부귀영화를 누리소서."

천자가 말했다.

"이 누대 그림대로라면 공사가 아주 거대한데 누구에게 감독케 하면 좋겠는가?"

"이 공사는 재주가 정교하고 매우 총명하며 깊이 음양의 도리를 알고 오행의 상생상극의 원리를 꿰뚫어볼 줄 알아야만 합니다. 제가 살펴보건대 하대부인 강상이 아니면 할 수 없을 일입니다."

왕이 말을 듣고 즉시 명을 내렸다.

"하대부 강상을 불러오라."

사신이 강상을 부르러 비간의 관부로 가자 비간이 황급히 어지를 받았다.

사신이 말했다.

"어지는 하대부 강상에게 내린 것입니다."

자아는 즉시 서둘러 어지를 받고 은혜에 감사하며 말했다.

"대인께서 먼저 궐문에 가 계시면 제가 곧 가겠습니다."

사신이 떠나자 자아는 몰래 점을 한번 쳐보았다. 점괘에는 벌써 오늘의 위기가 나와 있었다.

자아가 비간에게 말했다.

"저를 큰 덕으로 이끌어주시고 아울러 날마다 지도 편달해 주신 은혜를 한껏 입었는데, 이렇게 오늘 이별하게 될 줄은 예기치 못했습니다. 이러한 은덕을 언제 보답할 수 있을지 모르겠습니다."

"선생은 무슨 연고로 그런 말을 하시오?"

"제가 운수를 점쳐보니 오늘 운세가 좋지 않게 나왔습니다. 해로움은 있지만 이익은 없고 흉함은 있지만 길함은 없었습니다."

"선생은 간언하는 관리도 아니며 게다가 오래도록 임금과 마주해 보지도 않았으니 순종하는 것을 옳다고 여긴다면 무슨 피해가 있겠소?"

"제가 괘첩 하나를 써서 서재에 있는 벼루 아래에 눌러놓았으니, 승상께서 큰 어려움이 닥쳐 풀 길이 없을 때 그 괘첩을 보시면 위태로움을 벗어날 수 있을 것입니다. 그것으로써 승상의 넓으신 은혜에 만분의 일이나마 갚을까 합니다. 지금 한 번 이별하면 어느 날 다시 존안을 뵈올 수 있을지 모르겠습니다."

자아가 작별인사를 올리자 비간은 못내 서운한 표정으로 말했다.

"선생께 정말 재앙이 닥쳤다면 내가 조정에 나가 임금과 면대하여 선생에게 염려가 없도록 보살필 터이니 기다려 주시오!"

자아는 말했다.

"운수가 이미 이와 같으니 번거롭게 수고하실 필요가 없습니다."

할 수 없이 비간이 전송하자 자아는 승상부를 나와 말을 탔다. 궐문을 지나 곧장 적성루로 가서 명을 기다렸다. 봉어관이 적성루로 올라오라고 고하자 자아는 곧장 나아가 알현의 예를 마쳤다.

천자가 말했다.

"경은 짐을 위해 수고하여 녹대를 만드시오. 공을 이루는 날을 기다려 봉록과 관직을 올려줄 터이니 짐은 결코 식언하지 않을 것이오. 설계도는 여기에 있소."

자아가 그림을 다 보고 나서 속으로 생각했다.

'조가는 내가 오래 머물 곳이 아니로구나. 또한 말로써 이 어리석은 임금을 깨우치려 해도 듣지 않고 도리어 화만 낼 것이다. 이 기회에 아예 자취를 감춰야겠다.'

子牙諫主隱磻溪

강자아가 군주에게 간언하고 반계에 숨다

강자아가 설계도를 뒤적이자 천자가 말했다.

"얼마나 많은 날이 소요되어야 이 누대공사를 마무리 지을 수 있겠는가?"

자아가 아뢰었다.

"이 누대는 높이가 4장 9척이며 지붕을 옥으로 만들고 푸른 옥으로 난간을 조각하니 공사가 아주 거대합니다. 완공하려면 35년은 족히 걸리지 않을까 싶습니다."

천자가 이 말을 듣고 달기에게 말했다.

"강상이 말하기를 공사는 35년이 걸려야 완공할 수

있다 하오. 짐이 생각하기에 세월은 순식간에 흐르는 물과도 같으며 젊음은 잠깐 사이의 즐거움만을 누릴 수 있을 뿐이니, 만일 이와 같다면 짧은 인생에 어떻게 오래도록 살 수 있단 말이오? 이 누대를 만드는 것은 실로 무익하오."

달기가 아뢰었다.

"강상은 바로 속세 밖의 술사로 늘 지나치게 속여 말하나이다. 어찌 35년이 걸려야 완공될 까닭이 있겠나이까? 황당하게 주군을 속인 것이니 마땅히 포락의 형벌에 처해야 하나이다."

천자가 말했다.

"그대의 말이 옳도다. 봉어관에게 전하노니 강상을 붙잡아 포락의 형벌에 처하여 국법을 바로잡도록 하라."

이를 듣고 자아가 말했다.

"폐하께 아룁니다. 녹대공사는 백성을 수고롭게 하며 재산을 축나게 하니 원컨대 폐하께서는 이러한 생각을 중단하소서. 결단코 옳은 일이 아닙니다. 지금 사방에서 병란이 일어나고 가뭄이 빈번하여 창고는 텅 비어 있습니다. 그리하여 백성들의 생활은 날로 각박합니다. 그런데도 폐하께서는 나라의 근본에 유념하여 백성과 함께 화평한 복을 기르지는 아니하고 오히려 날마다 술과 여자에 빠져 현자를 멀리합니다. 아첨하는 사람을 가까이 하여 국정을 어지럽히며 충신들을 살해하고 있습니다. 백성이 원망하고 하늘이 근심하는 것은 세대를 거듭하도록 경계하는 것인데도 폐하께서는 살펴 다스리지 않고 있습니다."

자아의 말은 흐르는 물과도 같았다.

"지금 또한 교태를 떠는 여자의 말을 듣고 망령되이 토목공사를 일으켜 만민을 고통스럽게 한다면 신은 폐하께서 언제 죽음의 덫에 이를지 모릅니다. 그러니 신은 폐하의 커다란 은혜를 받았으니 죽음으로 보답하려 합니다. 만일 신의 말을 듣지 않는다면 또다시 지난날 경궁瓊宮을 만들 때의 옛일이 있을 것입니다. 안타깝게도 사직과 백성이 머지않아 다른 자의 소유가 될까 두렵습니다. 신이 어찌 스스로를 위하여 말하지 않을 수 있겠습니까?"

천자가 듣고 크게 화가 나서 말했다.

"고얀놈! 어찌 감히 천자를 비방할 수 있느냐?"

시립하여 어명을 받드는 관리에게 명했다.

"저놈을 끌어내 시체를 육장하고 잘게 썰어 국법을 바로잡도록 하라!"

여러 사람들이 막 앞으로 나아가려 하자 자아는 몸

을 슬쩍 피하며 누대 아래에 뛰어내렸다. 천자가 이를 보고 한편으로는 성내고 한편으로는 웃으면서 말했다.

"저 꼴을 보아라. 저 늙은이가 죽음이 두려워 달아나는 것을! 예절도 법도도 모르는구나. 어찌 도망할 생각을 한단 말인가?"

다시 봉어관에게 체포하라는 명을 내렸다. 관원들이 자아를 뒤쫓아 용덕전과 대전을 서둘러 지났다. 자아는 구룡교에 이르러 관원들이 서둘러 뒤쫓는 것을 보고 말했다.

"승봉관承奉官은 나를 뒤쫓을 필요 없소. 이 세상에 죽지 않는 사람은 없소."

자아는 이렇게 말한 뒤 구룡교 난간에 올라 아래를 힐끗 내려다보고는 몸을 내던졌다.

관원들이 급히 다리 위에 올라 살펴보니 흐르는 물에는 사람의 흔적이라고는 찾아볼 수 없었다. 자아가 수둔법水遁法을 썼다는 사실을 그들은 까맣게 몰랐다.

승봉관이 적성루로 가서 보고하자 천자가 말했다.

"잘됐군! 그 늙은이!"

한편 자아가 다리 아래로 빠지자 네 명의 집전관이 난간에 기대 물을 내려다보고 한탄했다. 마침 상대부 양임楊任이 궐문으로 가다가 집전관의 행색을 보고 물었다.

"그대들은 여기에서 무엇을 보고 있는가?"

집전관이 말했다.

"대부께 아룁니다. 하대부 강상이 물에 빠져 죽었습니다."

"무엇 때문에?"

"그건 모르겠습니다."

양임은 문서방으로 가서 상소문을 살펴보았다.

천자는 달기와 함께 녹대공사에 다시 어떤 관리를 감독관으로 파견할 것인지를 의논했다.

달기가 아뢰었다.

"이 누대를 짓는 데는 숭후호가 아니면 성공할 수 없겠나이다."

천자는 윤허하고 승봉관에게 숭후호를 대령하도록 했다. 승봉관은 명을 받들고 문서방으로 나가 양임을 만났다. 양임이 물었다.

"하대부 자아는 무엇 때문에 임금을 거역하고 물에 빠져 자살했는가?"

승봉관이 대답했다.

"천자께서 강상에게 녹대를 건설하라 명하셨는데, 강

상이 천자의 명을 거슬렀습니다. 그래서 체포하라는 명을 내리자 달아나다가 몸을 던져 자살했습니다. 지금은 숭후호에게 공사를 감독하도록 조칙을 내리셨습니다."

"녹대는 어떻게 생겼는가?"

승봉관이 들은 대로 고했다.

양임은 듣고 나서 승봉관에게 말했다.

"참으로 걸왕의 도라 할 것이다. 이 조서를 중단하고 내가 나가 성상을 알현하기를 기다렸다가 다시 시행하도록 하게."

양임은 곧장 적성루로 가서 기다렸다. 천자가 양임에게 누대로 올라오게 하고 나서 물었다.

"경은 무슨 일이오?"

양임이 아뢰었다.

"아뢰옵기 황송하오나 지금 폐하께서는 충언은 듣지 않은 채 녹대를 건설하려 하십니다. 폐하께서는 향락을 일삼고 가무와 주연만을 즐거움으로 추구하면서 만민의 근심은 돌보지 않고 있습니다. 폐하께서 만일 서둘러 정사를 가다듬어 안정시키지 않는다면 신은 폐하의 근심을 나누어 지지 못할까 두렵습니다."

양임이 재삼 입을 앙다물고 아뢰었다.

"폐하께서는 외부의 세 가지 해로움이 있고 내부의 한

가지 해로움이 있으니, 폐하께서는 신의 말씀을 들어주소서. 외부의 세 가지 해로움이란, 첫째 동백후 강문환이 용맹한 군사 백만으로 아버지의 원수를 갚고자 하는 데 있습니다. 그 까닭에 유혼관의 병사들이 편안히 쉬지 못하고 자주 위세에 꺾여 3년 동안 고전하고 있습니다. 군량은 바닥이 났고 말먹이도 구하기가 어려우니 이것이 첫번째 해로움입니다. 둘째 남백후 악순이 폐하께서 무고하게 그 부친을 살해했기 때문이라면서 큰 세력을 형성하여 주야로 삼산관三山關을 공격하고 있으므로, 등구공鄧九公도 여러 해 동안 고전하고 있으니 이것이 두번째 해로움입니다. 셋째 문 태사가 북해의 큰 적을 치기 위해 원정을 나가 십여 년이 지났건만 아직까지도 돌아오지 못하고 있으며 승패가 아직도 불분명하고 길흉이 안정되지 못하고 있습니다. 이런 형편인데 폐하께서는 어찌하여 참언만을 듣고 정직한 선비들을 살육하시는 것이옵니까? 소인배들은 날마다 임금의 곁으로 몰려들고, 군자는 날마다 멀리 물러나고 있습니다. 또한 궁궐은 안팎의 구분이 없게 되어 깊은 궁궐까지 문란하게 되었습니다."

양임이 숨을 고르며 또 아뢰었다.

"세 가지 해로움으로 인하여 천하가 난을 일으키고

있는데도 폐하께서는 지금 또 까닭없이 일을 일으켜 토목공사를 널리 시행하고 있는 까닭에 사직을 안정시킬 수 없을 뿐만 아니라 종묘도 반석처럼 튼튼히 다질 수 없습니다. 신은 조가의 백성이 이러한 연유로 도탄에 빠질까 두렵습니다. 원컨대 폐하께서는 속히 녹대공사를 중단하여 백성들이 자기의 본업을 즐거이 할 수 있도록 하소서. 그러지 않으면 민심이 한꺼번에 이반하고 만민이 황폐하게 난을 일으킬 것입니다. 옛말에도 '백성이 난을 일으키면 나라가 망하고, 나라가 망하면 임금이 망한다'고 했으니, 안타깝게도 6백 년 동안 중화와 오랑캐를 안정시킨 은나라가 하루아침에 다른 사람에 의해 무너질까 두렵습니다."

천자는 듣고 나서 욕설을 퍼부었다.

"고얀놈! 붓이나 잡는 서생인 주제에 어찌 감히 무지하게 직설로써 군주를 범하는가?"

이어서 봉어관에게 명했다.

"이놈의 두 눈을 도려내라! 전일의 공을 생각하여 죽이지는 않겠노라."

양임이 다시 아뢰었다.

"비록 신의 눈이 도려내지더라도 사양치 않겠으나, 다만 천하의 제후들이 신의 눈이 도려내지는 고통을 참지 못할까 두려울 따름입니다."

 봉어관이 양임을 누대 아래로 끌어내려 두 눈을 도려냈다. 비명이 전각을 울리고 피가 옷깃을 적셨다. 봉어관이 다시 올라가 양임의 두 눈을 천자에게 바쳤다.

 한편 양임의 정직한 충의가 짓밟히자 한 줄기 원망스러운 기운이 곧바로 청봉산青峰山 자양동紫陽洞 청허도덕진군清虛道德眞君 앞으로 솟구쳤다. 도덕진군은 미리 그 뜻을 알아차리고 황건역사에게 명했다.

 "양임을 구원하여 산으로 돌아오라."

 역사가 명을 받들고 적성루 아래에 이르렀다. 세 차례의 신풍神風이 이는가 싶더니 기이한 향기가 가득하고 한 차례 먼지와 모래가 일자 한 차례 기합소리와 함께 양임의 몸뚱이가 어디론가 사라졌다.

 천자는 급히 누대 안으로 들어가 모래와 흙을 피했다. 이윽고 바람과 모래가 잠잠해지자 신하들이 천자에게 아뢰었다.

 "양임의 몸이 바람에 날려 보이지 않습니다."

 천자는 길게 탄식할 뿐 애써 태연한 체했다.

 '지난번 태자의 목을 벨 때도 바람이 불더니만 이번에도 그와 같은 일이 벌어지는구나. 하지만 설마 무슨

일이 있기라도 하랴.'

천자가 달기에게 말했다.

"속히 숭후호에게 조칙을 내리도록 하시오."

시어관이 조칙을 재촉하러 갔다.

한편 양임의 몸은 자양동으로 빼돌려졌다. 황건역사는 도덕진군에게 돌아가 보고했다. 도덕진군은 동굴 밖으로 나와 백운동자를 불렀다.

"조롱박 속에 선약이 있으니 두 알의 선약을 가져와 양임의 눈 속에 집어넣어라."

도덕진인은 하늘의 진기를 모아 양임의 얼굴에 불어넣고는 소리쳤다.

"양임은 당장 일어나라!"

참으로 선가의 묘술은 진기했다. 문득 양임의 눈 구멍에서 두 개의 손이 길게 삐져나왔고 그 손바닥에 두 개의 눈동자가 생겼다.

이 눈은 위로는 천궁에서 벌어지는 일을 볼 수 있고, 아래로는 땅속 혈맥을 살필 수 있으며, 가운데로는 인간만사를 식별할 수 있는 눈이기도 했다.

양임은 일어나 잠시 동안 자기의 눈이 기형으로 변한 것을 살피다가 한 도인이 동굴 앞에 서 있는 것을 보앉다. 양임이 물었다.

"도인, 이곳은 저승의 경계가 아닙니까?"

도덕진군이 말했다.

"아니오. 이곳은 바로 청봉산 자양동이며 빈도는 연기煉氣도사 청허도덕진군이오. 그대가 충심으로 왕에게 간하여 만민을 구제하려다가 오히려 눈이 도려내지는 재앙을 보았소. 빈도는 그대를 가엾게 여겨 산에 오르도록 했으니 훗날 왕을 도와 그대의 바른 도를 이루도록 하시오."

양임은 듣고 나서 감사히 절했다.

"제자는 진군께서 구원해 주신 덕에 힘입어 환생하게 되었으니 이 은덕을 어찌 잊을 수 있겠습니까? 진군께서는 저를 버리지 마시고 스승이 되어주소서."

양임은 이에 청봉산에서 기거하게 되었으며, 이후 하산하여 자아를 도와 공을 이루게 된다.

한편 천자는 숭후호에게 조칙을 내려 녹대를 감독하여 조성하게 했다. 이 누대는 공사규모가 너무 커서 공사비와 노동력이 한이 없었다. 나무와 진흙·기와 등을 옮기는 공사가 끊임이 없었다. 인력을 채우기 위해 저질러진 무도함과 비리는 차마 형언하기조차 어려웠다.

각 주현에서 세 사람에 두 사람 꼴로 군민을 징발했다. 혼자 사는 장정조차 부역에 종사하지 않으면 안되었다. 가난한 장정들은 고된 노동에 지쳐 죽어갔다. 그렇게 죽은 사람이 산처럼 쌓였다. 반면에 돈 있는 사람들은 사람을 사서 대신 복역시키고 한가히 살아갔다.

숭후호는 세력을 빌미로 백성들을 학대했다. 공사 중에 죽은 사람을 녹대 속에 채워넣는 일도 서슴지 않았다. 백성들은 두려움에 떨며 불안해 했다. 견디다 못한 군민들은 급기야 정신을 못 차려 하며 원망하고 집집마다 서둘러 문을 걸어 잠그거나 사방으로 도망쳤다.

한편 물에 뛰어든 자아는 어찌 되었는가? 그는 다행히 수둔법을 알고 있었기에 몸을 빼낼 수 있었다. 그리하여 송이인의 집으로 돌아오자 아무 일도 모르는 부인 마씨가 즐겁게 맞이하며 말했다.

"대부! 오늘에야 돌아오셨군요."

자아가 말했다.

"이제 관직생활을 못하게 되었소."

"무슨 일이 있었습니까?"

"천자께서 달기의 말을 듣고 녹대공사를 시작하려고 나에게 감독할 것을 명했는데, 나는 만민의 재앙을 차마 두고 볼 수 없어 상소를 올렸으나 천자는 행하지 아니했소. 성상께서는 크게 노하여 나를 파직시키고 고향으로 돌아가게 했소. 생각건대 천자는 나의 주군이 아닌 듯하오. 부인! 나와 함께 서기西岐로 가서 천명을 기다립시다. 어느 날 시운이 이르러 관직과 품계가 높아지면 내 마음속의 진실한 학문이 헛되지만은 않게 될 것이오."

"당신은 선비집안 출신도 아니면서 다만 강호의 술사로 천행을 얻어 하대부가 되었습니다. 이 모두 천자의 덕을 입음이 적지 않은 것입니다. 지금 당신에게 누대 공사를 맡긴 것은 당신을 특별히 우대하려는 것이 아니었는지요? 공사를 관리하는 직위에 올랐으니 봉록도 매우 많을 터인데 어찌하여 천자를 뿌리치고 돌아왔단 말입니까? 게다가 다른 고관대작들도 많은데 어찌 나서서 상소를 올려 간언을 했습니까? 당신은 역시 복이 없는 단지 술사나 될 운명인 모양입니다."

"부인! 안심하시오. 이 관직은 흉중에 있는 재주와 학문을 펼 수 있는 직위도 아니며 내 평생의 뜻을 이루기는 애초에 싹이 보이질 않소. 행장을 꾸려 나와 함께 서기로 갑시다. 나는 머지않아 1품관직의 공경반열에 오를 것이오. 벼슬길에 나아가 뜻을 이루니 인생이 헛되지는 않을 것이오. 당신 또한 1품부인을 제수받아 아름다운 패옥을 몸에 차고 옥으로 된 머리꾸미개를 쓰고서 영화를 누리게 될 것이오."

마씨가 웃으며 말했다.

"당신의 말은 때를 잃은 말입니다. 굴러들어온 복도 거둬들이지 못했는데 빈주먹으로 어디를 가서 무엇을 찾는단 말입니까? 가까운 것을 버리고 먼 것을 구하렵니까? 지금 달아날 곳조차 마련되지 않은 형편인데 어찌 1품관직을 바란단 말입니까? 요즈음 같은 때는 모든 관원들이 오로지 때를 따라야 할 뿐입니다."

"부인 같은 여인네는 원대한 뜻을 모르오. 하늘의 운수는 정함이 있고 빠르고 늦음에 기약이 있어서 각기 스스로 주관이 있소. 나와 함께 서기로 가면 좋은 결과가 있을 것이오."

"나와 당신은 부부의 연분으로 맺어졌으나 오늘 이와 같은 지경에까지 이르렀습니다. 나는 조가에서 태어나고 자랐으니 결코 타향이나 외국으로는 가지 않으렵니다. 지금부터 당신은 당신의 일을 하고 나는 나의 일을 하여 다시는 다른 말을 하지 맙시다."

"부인의 말은 틀렸소. 암탉이 어찌 수탉을 좇지 않으리오? 부부가 떨어져 사는 이치가 어찌 있을 수 있소?"

"나는 본래 조가의 여자인데, 어찌 고향을 떠나 타향

으로 가서 살 수 있겠습니까? 이혼장이나 써주고 각자의 생활을 꾸려가시지요. 나는 결코 떠나지 않겠습니다."

부인의 거절이 너무나 완강하자 자아는 길게 탄식할 뿐이었다.

두 사람이 한창 말싸움을 하고 있을 때 송이인이 부인과 함께 와서 자아에게 권하며 말했다.

"현제! 현제의 혼사는 내가 꾸민 것이었소. 제수씨가 그대와 함께 가지 않겠다고 하면 그녀에게 이혼장을 써 주시오. 현제는 남다른 남자인데 어찌 좋은 배필이 없겠소? 어찌 그리도 끈질기게 연연해 할 필요가 있겠소? '마음이 떠나면 뜻이 머무르기가 어렵다'고 하지를 않소? 억지를 부리는 것은 좋은 결과를 가져오지 못할 것이오."

"현형, 형수님! 마씨는 함께하면서 내 입장을 조금도 받아들인 적이 없었지만, 내 마음은 차마 두고 떠나지 못하고 있는데 부인은 도리어 나를 떠나려는 마음입니다. 현형께서 분부하시니 이혼장을 써서 그녀에게 주겠습니다."

자아는 이혼장을 써서 손에 들고 말했다.

"부인! 이혼장은 내 수중에 있소만 부부는 역시 함께 살아야 하는 법이오. 당신은 이 문서를 받고 나면 다시는 함께 살고 싶어도 그럴 수 없다는 걸 알아두시오."

마씨는 이혼장을 받고 조금도 연연해 하는 마음이 없었다.

자아가 탄식하며 말했다.

"푸른 대나무에서 혀를 날름거리는 뱀과 누런 벌 꽁무니의 바늘은 각자 나름대로의 이유가 있지만, 가장 지독한 것은 여인의 마음이로군!"

마씨는 그 길로 짐을 꾸려 집으로 돌아가 버렸다. 자아 또한 떠날 수밖에 없었다. 여장을 꾸린 다음 송이인과 손씨에게 작별을 고했다.

"제가 형수님의 보살핌과 이끄심에 많은 은혜를 입었는데, 오늘과 같은 이별이 있을 줄은 생각지도 못했습니다."

송이인은 술상을 차려 자아를 위해 전별식을 베풀고 술을 다 마시자 먼 곳까지 전송해 주며 물었다.

"현제는 어디로 갈 것이오?"

"서기로 가서 사업을 좀 해볼까 합니다."

"혹 현제가 뜻을 성취했을 때에는 소식을 전해 나를 안심시켜 주시오."

두 사람은 눈물을 흘리며 헤어졌다.

자아는 송가장을 떠나 맹진孟津으로 갔는데 황하를 건너고 면지현澠池縣을 지나 임동관臨潼關에 이르렀다. 문득 조가성에서 도망나온 7·8백 명의 백성이 보였다. 아버지는 이끌고 자식은 울며, 형제가 서로 슬퍼하고 부부가 눈물을 흘리면서 모두가 비통해 하는 슬픈 소리가 어지럽게 길을 메웠다.

자아가 보고 물었다.

"당신들은 조가성 백성이오?"

군중 속에 자아를 알아보는 사람이 있어 사람들이 소리쳤다.

"강 나으리! 우리들은 조가성의 백성입니다. 천자가 녹대를 세우려고 숭후호에게 감독을 명했는데, 천벌을 받아 마땅한 간신놈들이 장정 셋 중에 둘을 징발하고 혼자 사는 장정까지도 부역에 종사시키고 있습니다. 돈 있는 사람들은 돈으로 대신 부역하게 하고 한가로움을 즐기지만, 계속해서 죽은 수만 명의 인부들은 시체가 되어서도 편치 못합니다. 우리들은 이런 고초를 견딜 수가 없어 5관關을 빠져나왔습니다. 그런데 뜻밖에 총병總兵 장張 나으리가 우리들을 붙잡아 관을 나가지 못하게 하고 있습니다. 만일 잡혀서 돌아가면 제 명을 누리지 못할 것입니다. 때문에 상심하여 통곡하고 있습니다."

자아가 말했다.

"당신들은 걱정할 필요 없네. 내가 장 총병을 만나

대신 사정하여 관을 빠져나갈 수 있게 하리다."

자아는 혼자서 장 총병의 저택으로 갔다.

가동이 물었다.

"어디서 오셨습니까?

"수고스럽겠지만 상도商都의 하대부 강상이 총병을 만나뵈러 왔다고 전해 주게."

문지기가 가서 알렸다.

"총병께 보고 드립니다. 상도의 하대부 강상이 만나뵈러 오셨습니다."

장봉張鳳은 속으로 생각했다.

'하대부 강상이 와서 인사를 하다니. 그는 문관이고 나는 무관이며 그는 조정과 가까이 있고 나는 험한 관문에 있는데 아마도 번거로운 일이 있는 모양이로군!'

급히 좌우에 명하여 들어오게 했다. 자아는 공복이 아닌 도가道家옷을 차려입고 안으로 들어가 장봉을 만났다. 장봉은 자아가 도복을 입고 오는 것을 보고 그냥 앉아서 물었다.

"누구십니까?"

"저는 바로 하대부 강상입니다."

"대부께서는 어찌하여 도복을 입고 오셨습니까?"

"제가 여기에 온 것은 백성들이 고통을 당하고 있기

때문입니다. 천자께서 현명하지 못하여 달기의 말을 듣고 녹대를 세우려고 숭후호에게 공사감독을 명했는데, 뜻밖에도 그는 만민을 학대하고 있다고 들었습니다. 또한 사방에서 군대가 편안히 쉬지 못하고 하늘이 경계를 보여 가뭄이 계속 들어 백성들이 편히 살 수가 없는지라, 천하가 실망하고 모든 사람들이 재앙을 만나 가엾게도 수많은 군민들이 죽어서 누대 속에 메워지고 있습니다. 간신들이 천자를 미혹시키고 여우 같은 여자가 교태를 부려 성총을 교묘히 막고서 소인에게 녹대공사를 감독하라 명했습니다. 소인이 어찌 임금을 속이고 나라를 그릇되게 하며 백성을 해치고 재물을 탕진할 수 있겠습니까? 이 때문에 직간했습니다만 천자께서는 듣지 않고 도리어 소인에게 형벌을 내리려 했습니다."

자아의 말은 자분자분 설득력이 있었다.

"소인은 본시 죽음으로써 천자의 은혜에 보답함이 마땅하지만, 천수가 아직 다하지 않은 덕분으로 은혜를 입고 용서받아 고향으로 돌아가게 되었습니다. 그래서 가는 길에 장 총병이 다스리는 지역에 이르게 된 것입니다. 그런데 우연히 많은 백성들을 만나게 되었는데 남녀노소가 서로 손을 잡고 이끌고 부축하면서 고통에 울부짖는 것을 보자 마음이 매우 아팠습니다. 만일 이들을 붙잡는다면 결국 포락과 채분의 처참한 형벌에 처해져서 사지가 잘리고 뼈와 혼이 박살날 것입니다. 간곡히 부탁드리건대 백성들에게 관을 나가도록 허락하여 주신다면, 그것은 진정 장군의 하늘처럼 높고 바다처럼 넓은 은혜이자 상천의 호생지덕인 것입니다."

장봉은 듣고 나서 크게 노하여 말했다.

"그대는 강호의 술사로 하루아침에 부귀하게 되었으면서도 임금의 은혜에 보답할 것은 생각하지 않고 도리어 교묘한 말로 나를 미혹시키려 하고 있소. 하물며 도망한 백성들은 불충한 자들인데 만일 그대의 말을 듣는다면 나 역시 불의에 빠질 것이오. 나는 명을 받아 관문을 관장하고 있으니 신하된 자의 충절을 다해야만 하오. 도망한 백성은 법을 희롱하여 나라의 규범을 지키지 않았으니 마땅히 체포하여 조가성으로 호송해 가야 하오. 스스로 생각건대 만일 국법을 논한다면 그대조차도 아울러 조가성으로 데려가 국법으로 바로잡아야 할 것이나 초면이니 잠시 용서해 주는 것이오."

좌우 사람들에게 강상을 내쫓으라고 소리치자, 사람들이 호령과 함께 자아를 밖으로 쫓아냈다. 자아는 얼굴에 부끄러움이 가득했다.

백성들은 자아가 돌아오는 것을 보고 물었다.

"강 나으리! 장 총병께서 우리들이 관문을 나가도록 허락했습니까?"

자아가 대답했다.

"장 총병은 나까지도 체포하여 조가성으로 데려가려고 했소."

7·8백 명이나 되는 백성들은 그 말을 듣자 일제히 비명을 지르며 대성통곡했다. 슬픈 통곡소리가 들판을 가득 메웠다.

자아는 차마 보지 못하여 말했다.

"그대들은 슬피 울 필요가 없소. 내가 그대들이 5관을 나갈 수 있도록 하겠네."

까닭을 모르는 백성들은 이 말을 듣고 물었다.

"나으리께서도 나가지 못하시면서 어떻게 저희들을 구하신단 말입니까?"

자아가 말했다.

"5관을 빠져나가려는 사람은 땅거미가 질 때 내가 말할 것이니, 눈을 감으라고 하면 바로 눈들을 감게나. 귀에 바람소리가 들리더라도 절대로 눈을 뜨지 말아야 하네. 만일 눈을 떠서 머리를 다치게 되더라도 나를 원망하지는 말게."

사람들이 동의했다. 자아는 초경이 되자 곤륜산을 향

하여 절을 마치고 입으로 몇 마디 주문을 외웠더니 응답하는 소리가 들렸다. 자아가 쓴 법술은 토둔법이었다.

사람들은 바람소리가 윙윙하는 것을 들었는데 얼마 되지 않아 4백여 리의 임동관臨潼關·동관潼關·천운관穿雲關·계패관界牌關·사수관氾水關을 벗어나 금계령金雞嶺에 이르렀다.

자아가 토둔법을 거두자 백성들은 곧 땅에 내렸다. 자아가 말했다.

"이제 눈을 뜨게!"

사람들이 눈을 뜨자 자아가 말했다.

"이곳은 바로 사수관 밖의 금계령이며 서기지방이라네. 그대들은 이제 마음대로 가도록 하시게!"

사람들은 머리를 조아리며 고마움을 표했다.

"나으리! 하늘처럼 감로수를 내려 저희들을 살게 해주셨으니 이 은덕을 어느 날에야 갚을 수 있겠습니까!"

사람들은 작별인사를 하고 떠났다.

자아는 그 길로 반계磻溪로 가서 은둔했다.

백성들이 하늘이 밝기를 기다리니 과연 서기지방이었다. 다시 걸음을 재촉하여 금계령을 넘으니 곧 수양산首陽山이었다. 다시 연산燕山을 넘고 또 백류촌白柳村을 지나니 앞에 서기산이 나타났다. 그들은 다시 70리를 지나

서기성에 이르렀다.

사람들이 성에 들어가 풍경을 살펴보니 인구가 많고 물산이 넉넉했으며 길가는 사람들은 길을 양보하고 노인과 어린이들은 속이지 아니하고 저잣거리의 사람들은 겸허하며 온화했다. 진실로 요순의 세상인 듯 별천지의 풍경이었다.

무리가 소개장을 만들어 상대부 저택에 전달하자 산의생이 소개장을 받아보고 흐뭇해 했다.

다음날 백읍고가 명을 내렸다.

"조가성에서 도망온 백성들은 천자가 실정했기 때문에 우리 땅에 온 것이다. 아내가 없는 사람들에게는 돈을 주어 장가들도록 하고 홀아비, 과부, 고아, 자식 없는 사람들은 삼제창三濟倉에서 서명하고 양식을 받아가도록 하라."

산의생이 명을 받았다. 그 자리에서 백읍고가 말했다.

"부왕께서 유리성에 7년 동안 갇혀 있으니 내가 조가성에 가서 아버님을 대신하여 속죄할까 합니다. 경들의 뜻은 어떠합니까?"

산의생이 아뢰었다.

"세자께 아룁니다. 주군께서 떠나실 때 '7년의 액운이 다하여 재난이 안정되면 자연히 귀국하게 될 것이다'

라고 말씀하셨으니, 아무리 급하더라도 주군께서 하신 말씀을 어길 수 없습니다. 만일 세자께서 마음이 편치 않으시면 사졸 한 명을 파견하여 문안하여도 자식된 도리를 잃지는 않을 것입니다. 어찌 스스로 가서 위험을 자초하십니까?"

백읍고가 탄식했다.

"부왕께서 어려움을 당해 7년 동안 타향에 갇혀 계시는데 사람의 자식으로 어찌 차마 그럴 수 있겠습니까? 이른바 국가를 세운다는 것은 허황된 말일 뿐이니 우리 99명의 자식들은 어디에 쓸 데가 있겠습니까? 나는 조상이 남기신 세 개의 보물을 가지고 조가성에 가서 공물로 바치고 아버지의 죄를 대속할까 합니다."

결국 백읍고는 산의생의 간곡한 만류도 뿌리친 채 길을 떠나고 말았다.

伯邑考進貢贖罪

백읍고가 공물을 바치고 부왕의 죄를 대속하다

백읍고는 조가성으로 가서 아버지를 대신하여 속죄하려고 길을 떠나기 전에 궁에 들어가 어머니 태희太姬에게 작별인사를 드렸다.

태희가 말했다.

"네 아버지가 유리성에 구금되어 계시는데 서기 내외의 일을 어떤 사람에게 맡기려느냐?"

백읍고가 말했다.

"집안일은 동생인 희발姬發에게 맡겼고, 밖의 일은 산의생에게 맡겼으며, 군사일은 남궁괄南宮适에게 맡겼습니다. 소자는 친히 조가성으로 가서 임금을 알현하고 공물을 바쳐 아버지의 죄를 대속할까 합니다."

어머니는 백읍고가 완강히 고집하며 가려는 것을 보고 허락할 수밖에 없었다. 백읍고는 작별인사를 드리고 전각 앞으로 가서 동생 희발에게 말했다.

"여러 형제들과 화목하게 지내고 서기의 법규를 바꾸지 말라. 나는 조가성으로 가려 하니 길게는 3개월, 짧게는 2개월이면 일을 마치고 돌아올 것이다."

백읍고가 분부를 마치고 진공할 보물을 꾸리고 날을 택하여 출발했다. 희발은 문무대신과 나머지 98명의 동생과 함께 십리장정에서 전별식을 올렸다.

채찍을 휘둘러 말을 몰면서 꽃다운 붉은 살구향기 풍기는 숲속을 지나, 가도 가도 끝이 없는 버드나무숲이 우거진 길을 달렸다.

어느 날 백읍고는 사수관에 도착했다. 관을 지키는 병사가 두 개의 진공進貢깃발에 서백후라 쓰여 있는 것을 보고 주장에게 보고했다. 관문을 지키던 총병 한영韓榮이 관문을 열어주라고 명했다. 백읍고는 관문으로 들어가 통행하는 데 순풍에 돛단 듯했다.

5관을 지나니 면지현이요, 황하를 건너 맹진에 이르자 조가성이 코앞이었다. 백읍고는 황화관역皇華館驛에 안착했다.

다음날 궐문에 이르렀지만 그곳에는 한 사람의 관리도 보이지 않았다. 그렇다고 함부로 궐문을 들어갈 수도 없었다. 백읍고는 이렇게 닷새 동안 헛걸음을 했다.

엿새째 되는 날 백읍고는 흰옷을 입고 궐문 밖에 서 있었다. 조금 지나자 대신 한 사람이 말을 타고 이르는 것이 보였다. 바로 아상 비간이었다.

백읍고는 앞으로 나아가 무릎을 꿇었다.

비간이 물었다.

"계단 아래에 무릎 꿇고 있는 사람은 누구인가?"

백읍고가 대답했다.

"저는 무례한 신하 희창의 아들 백읍고입니다."

비간이 뜻밖의 말에 놀라 말에서 뛰어내려 손으로 부축하며 말했다.

"현공자는 일어나시오!"

두 사람은 궐문 밖에 섰다. 비간이 물었다.

"공자는 무슨 일로 여기까지 오셨소?"

백읍고가 대답했다.

"부친께서 천자에게 죄를 지었으나 승상께서 보호하여 생명을 온전하게 해주셨으니, 이 은혜는 진실로 하늘처럼 높고 바다처럼 두터운지라 어리석은 저희 형제들은 마음속 깊이 새겨 잊지 않고 있습니다. 다만 부친께서 7년이 넘도록 유리성에 구금되어 있으니 사람의 자식으로 어찌 편안할 수 있겠습니까? 저는 산의생과 함께 의논하여 조상이 남긴 보물을 왕에게 헌납하여 아버지를 대신하여 속죄하려 합니다. 진실로 바라건대 승상께서는 하늘처럼 인자하신 마음을 열어 유리성에 오래도록 구금되어 있는 제 아비의 고통을 가엾게 여기소서. 만약 큰 은혜를 내려 옛 땅으로 돌아가게 해주신다면 진실로 그 은혜는 태산처럼 높고 덕은 바다처럼 넓을 것입니다."

"공자께서 바치려는 공물은 어떤 보물이오?"

"시조인 단보亶父께서 남겨주신 칠향거七香車와 성주전醒酒氈과 흰 얼굴 원숭이와 강녀姜女 열 명으로 속죄하려 합니다."

"칠향거는 얼마나 귀한 것이오?"

"칠향거는 바로 헌원황제가 북해에서 치우를 격파하고 남긴 것인데, 사람이 위에 타면 밀고 끌 필요도 없이 동으로 가려 하면 동쪽으로 가고 서로 가려 하면 서쪽으로 가는 대대로 전해 온 보물입니다. 성주전은 사람이 술에 취했을 때 이 털방석에 누우면 시간을 소요할 필요도 없이 금방 깨어납니다. 흰 얼굴 원숭이는 비록 가축이지만 3천 개의 소곡小曲과 8백 개의 대곡大曲을 잘 알며 주연잔치의 노래를 잘 부르고 경쾌하고 귀여운 춤을 잘 추는데, 진실로 난새처럼 간드러지고 유약한 버들처럼 나긋나긋합니다."

"듣고 보니 이 보물들이 묘하기는 하나 지금 천자께서는 덕을 잃었고 또 놀이의 물건으로 바친다면 바로 걸왕桀王을 돕는 것처럼 되어 성총을 미혹시킬 것이니 도리어 조정의 난을 가중시킬 것이오. 공자가 옥에 갇힌 아버지를 위하여 인효仁孝를 행하려는 진실한 마음은 알겠소만 이 어찌 걱정이 아니겠소? 허나 내가 공자를 대신하여 천자께 이 상소문을 전달하고 공자가 온 뜻을 저버리지 않도록 노력해 보겠소."

비간이 말을 마치고 적성루로 가서 천자를 알현했다.

"짐이 부르지 않았는데 경은 어인 일이오?"

"폐하께 아뢰옵니다. 서백후 희창의 아들 백읍고가 공물을 바치고 아버지를 대신하여 속죄하려고 왔다고 합니다."

천자가 금방 기쁜 마음이 들어 물었다.

"백읍고가 무슨 물건을 바치겠다는 것이오?"

비간은 바칠 공물과 상소문을 올렸다. 천자가 살펴보고는 적이 흡족했다.

"칠향거, 성주전, 흰 얼굴 원숭이, 강녀 열 명으로 서백후를 대신하여 속죄토록 하시오."

천자가 백읍고에게 누대로 올라오도록 명하자 백읍고는 무릎 끝으로 걸어가 엎드려 아뢰었다.

"죄지은 신하의 아들 희백읍고 알현하옵니다."

"희창은 죄가 크고 임금을 거슬렀는데 지금 자식이 공물을 바치고 아버지를 대신하여 속죄하겠다고 하니 참으로 효성이 지극하구나."

백읍고가 아뢰었다.

"죄지은 신하 희창은 임금의 뜻을 거스르는 죄를 범했는데도 용서하시고 죽음을 면하게 하여 유리성에 잠시 기거하도록 하셨으니, 모든 사람이 폐하의 하늘처럼 높고 바다처럼 넓으신 성은에 감동하고 땅처럼 두텁고 산처럼 높으신 대덕大德을 우러르고 있습니다. 신 등에게 죽음을 내리소서. 아비의 죄를 대신 받을까 합니다. 인자하심으로 다시 살게 해주시는 은혜를 내려 귀향하도록 해주신다면, 신의 모자들은 골육처럼 무거운 은혜를 간직할 것이고 신들은 영원토록 폐하의 호생지덕에 감격할 것입니다."

천자는 백읍고가 아비를 대신하여 호소하는 것이 지극히 간곡한 것을 보자, 백읍고에게 몸을 편하게 갖추도록 해주었다. 백읍고는 은혜에 감사하고 난간 밖에 섰다.

그때 달기는 주렴 속에 있었다. 백읍고의 외모는 웅장하고 눈과 눈썹은 수려했다. 붉은 입술에 흰 이를 가졌으며 언어 또한 온유한 것을 보았다. 달기가 주렴을 걷으라고 명하자 좌우 궁인들이 주렴을 높이 걷고 금 갈고리로 걸쳤다.

천자는 달기가 나오는 것을 보고 말했다.

"지금 서백후의 아들 백읍고가 공물을 바치고 아비를 대신하여 속죄하는데, 그 마음이 참으로 가상하오."

달기가 아뢰었다.

"제가 듣기에 서백후의 아들 백읍고는 가야금을 잘 연주한다는데, 이 세상에서 제일이라 하더이다."

"그대가 그것을 어찌 아오?"

"첩이 비록 여자이기는 하나 어릴 때부터 부모님께서 하시는 말씀을 들었는데, 백읍고는 음률에 널리 통달하여 가야금을 타는 솜씨가 매우 정밀하며 대아大雅의 유음遺音을 깊이 깨우치고 있다 하더이다. 폐하께서 백읍고에게 한 곡 연주하도록 하신다면 그 깊이를 알 수 있을 것이오이다."

주색에 빠진 천자는 오래도록 요기에 미혹되어 있었으므로 그 말이 옳다고 생각했다. 천자는 백읍고에게 달기와 대면하도록 명했다. 백읍고가 절을 올리고 나자 달기가 말했다.

"백읍고! 그대가 가야금 연주를 잘한다고 들었으니 지금 시험삼아 한 곡을 연주해 봄이 어떠한가?"

백읍고가 아뢰었다.

"마마께 아룁니다. 신이 듣자오니 부모가 병이 들면 자식된 자는 감히 의식을 편히 하지 않는다고 합니다. 지금 죄지은 신하인 아비가 7년 동안 구금되어 고초를 겪고 있는데, 신이 어찌 그런 아비를 두고 스스로 즐거이 가야금을 탈 수 있겠습니까!"

천자가 말했다.

"백읍고야! 네가 이러한 지경임에도 한 곡 연주하여 절도가 있는 연주라 판단되면 너희 부자를 용서하여 귀국토록 하겠노라."

백읍고는 이 말을 듣고 매우 기뻤다. 천자가 명을 내려 가야금을 가져오게 하자 백읍고는 무릎을 반듯이 하고 바닥에 앉아 가야금을 연주했다. 열 손가락은 마치 나비의 날갯짓 같았는데 곡명은 '풍입송風入松'이었다.

버드나무 휘늘어져 새벽바람 희롱하고,
복숭아꽃은 반쯤 터져 붉은 해 비추네.

꽃다운 풀 가득히 수놓은 듯 피어 있는데,
마차에 몸을 맡기고 동서로 가네.

백읍고가 연주하다가 곡의 종결부분에 이르니 음운이 그윽하여 정말로 옥구슬이 떼구루루 구르는 듯하고 만산 골짜기의 소나무에 바람이 사각사각 스치는 것처럼 청아함이 빼어났다. 그 소리는 사람으로 하여금 세속적인 생각들을 상쾌하게 털어내 버리게 하는 듯했으며, 아름다운 못에 봉황이 날아드는 듯 황홀했다.

천자는 감동하여 달기에게 말했다.

"진실로 당신이 들은 그대로이오. 백읍고가 연주한 이 곡은 온유함과 아름다움의 극치라 말할 만하오."

달기가 아뢰었다.

"백읍고의 가야금 연주솜씨는 천하가 모두 아는 바이오나, 지금 그 사람을 직접 만나보니 소문은 보는 것만 못하나이다."

천자는 크게 기뻐하며 명하여 적성루에 주연을 베풀도록 했다. 달기는 몰래 눈을 흘기며 힐끗힐끗 백읍고를 훔쳐보았는데, 보름달 같은 얼굴과 빼어난 풍모가 범속하지 아니했다. 그 풍정風情이 은연중에 사람을 동요시켰다. 달기는 또 천자의 용모를 살펴보았는데, 참으로 기걸차나 온몸이 흐리멍덩한 듯하여 심히 사람의 마음을 동요시키지 못하는 듯했다.

예로부터 가인은 소년을 사랑했는데 하물며 달기는 요괴가 아니던가? 달기는 몰래 생각해 보았다.

'앞으로 백읍고를 여기에 머물게 하여 가야금을 가르쳐주는 것처럼 하고 기회를 잡아 유혹하면 아마도 난새와 봉황처럼 짝을 이루어 함께 나는 즐거움이 있을 것이다. 하물며 그는 젊은 미장부로 귀한 집 후손으로 내 생애에 보탬이 매우 클 것이다. 어찌 저 늙은 몸뚱이에만 얽매이리오!'

달기는 백읍고를 머물게 하려는 생각에 서둘러 아뢰었다.

"폐하께서는 서백 부자를 사면하여 귀국케 함으로써 폐하의 넓고 큰 은혜를 견고히 하셔야 하나이다. 다만 백읍고는 가야금 솜씨가 천하제일이니 지금 귀국케 한다면 조가성에는 결국 소리가 끊이고 말 것이니 다만 그것이 안타깝나이다."

천자가 어찌하면 좋겠느냐고 묻자 달기가 아뢰었다.

"첩에게 한 가지 방법이 있는데 이로써 두 가지 일을 온전히 할 수 있나이다."

"그대는 어떤 묘책이 있기에 두 가지를 온전히 할 수

있단 말인가?"

"백읍고를 여기에 머물게 하여 첩에게 가야금을 전수토록 하시면 첩이 열심히 배워 아침저녁으로 폐하께 시중들며 한가로운 때의 즐거움을 돕겠나이다. 첫째는 서백 부자는 폐하께서 사면해 주신 은혜에 감동할 것이고, 둘째는 조가성에 가야금의 가락이 끊이지 않을 것이오이다. 이리하면 두 가지를 온전히 보존할 수 있나이다."

천자가 달기의 어깨를 감싸 안으며 말했다.

"현명하고 사랑스럽도다! 참으로 총명하고 지혜로워 일거양득의 도를 얻었도다."

이어 어지를 전했다.

"백읍고는 여기에 머물면서 가야금을 전수하라."

달기는 자기도 모르게 달아오름을 느꼈다.

'내 오늘 왕을 흠뻑 취하게 하여 곤히 잠들게 한 다음 마음껏 그와 수작하리라. 어찌 뜻을 이루지 못할까를 걱정하랴?'

서둘러 명을 전하여 주연자리를 차렸다. 천자는 달기의 호의라고 생각했다. 달기의 속마음이 음탕하여 풍속을 해치고 법도를 무너뜨리려는 생각으로 가득 찼다는 것을 어찌 잠시인들 생각했으랴?

달기는 금잔을 받들고 천자께 올렸다.

"폐하, 천수를 기원하는 이 술을 드소서!"

천자는 아름답고 사랑스럽다고 여기며 그저 즐겁게 마시다가 어느새 만취되어 버렸다. 달기는 좌우에서 시중드는 궁인들을 불러 황상을 부축케 했다. 임금의 잠자리인 용탑龍榻은 편안하고 안락했다.

그런 뒤 달기는 백읍고를 불러 가야금을 전수해 달라 부탁했다. 궁인들이 두 개의 가야금을 가져와 하나는 달기에게, 하나는 백읍고에게 주었다. 가야금 전수의 시작이었다.

백읍고가 아뢰었다.

"마마께 아룁니다. 이 가야금은 내외 5형形과 6률律5음音이 있습니다. 왼손은 용의 눈이고 오른손은 봉황의 눈으로, 궁宮·상商·각角·치徵·우羽에 의거합니다. 또한 8법이 있는데 문지르고 뜯고 뽑아내고 가르고 삐치고 밀어올리고 깎고 치는 것이 그것입니다. 그리고 6기忌와 7불탄不彈이 있습니다."

달기가 물었다.

"여섯 가지 기피할 때란 무엇이냐?"

"상을 당했을 때, 통곡할 때, 온 마음을 쏟을 때, 분노할 때, 욕정을 품었을 때, 놀라울 때는 피해야 합니다."

달기가 또 물었다.

"일곱 가지 타지 않아야 할 때란 언제냐?"

"풍우가 몰아칠 때, 크게 슬픔에 젖었을 때, 의관이 바르지 못할 때, 취하여 성질이 사나울 때, 품위없이 외설적일 때, 음을 알지 못하고 속될 때, 불결하여 더러운 때를 만나면 연주하지 않는 것입니다. 이 가야금은 아주 오랜 옛날부터 전해 오는 것으로 즐거우면서도 우아하여 여러 음악과는 크게 다르며, 그 가운데에는 81개의 대조大調와 51개의 소조小調와 36가지의 음이 있습니다."

백읍고가 말을 마친 뒤 가야금을 타자 그 음이 낭랑히 울려 그 묘함은 이루 말로 형언할 수 없을 정도였다.

헌데 달기의 본래 목적은 가야금 전수에 있던 것이 아니지 않았던가! 그저 백읍고의 자태를 탐했기 때문에 그를 유혹하여 정욕을 채우고자 했으니 어찌 가야금에 마음을 둘 수 있었겠는가? 오직 유혹하려는 마음만이 가득했으니 자연히 얼굴은 복숭아꽃처럼 농염하고 교태로운 자태가 현란하여 숨조차 쉴 수 없을 지경이었다.

어느 사내가 그러한 자태에 넘어가지 않겠는가? 달기는 백읍고에게 요염함이 가득 담긴 눈길을 보냈고, 붉은 입술은 부드럽게 소곤대는 말을 토해냈다.

그러나 백읍고는 성인의 아들로 어찌 이런 데에 뜻

이 있겠는가? 아버지가 억류되는 재앙이 있고 어찌하면 자식으로서의 도를 행할까만을 생각하고 있는 터가 아니었던가? 산 넘고 물 건너는 수고도 사양치 않는 그였으니 오로지 머릿속에는 공물을 바쳐 아버지의 죗값을 대신하고 풀려나기만을 간절히 기원할 뿐이었다. 부자가 함께 본거지로 돌아가는 것만이 그의 전부였다.

가야금 전수도 오직 뜻을 이루려는 한 과정일 뿐이었다. 그런 그의 철썩 같은 마음과 강철 같은 뜻으로 마음을 다해 가야금을 전수할 뿐이었다. 달기가 향내를 풍기며 두세 번 백읍고를 자극했으나 끝내 그는 곁을 돌아보지 않았다.

달기가 몸이 달아 말했다.

"그대의 가야금을 짧은 시각에 깨우치기란 쉽지 않은 일인 모양이로구나."

안되겠다 싶었던지 달기는 좌우에 술자리를 마련하라 분부했다. 시립해 있던 사람들은 서둘러 주연을 마련했다. 달기는 곁에 자리를 마련하여 백읍고에게 시중을 들라 명했다. 백읍고는 정신이 아득해짐을 느꼈다.

그는 꿇어앉아 아뢰었다.

"마마께서는 만승의 존귀함으로 천하의 국모이신데 제가 어찌 옆자리에 앉을 수 있나이까? 당치 않습니다."

백읍고는 땅에 엎드려 숙인 머리를 들지 않았다.

　　"백읍고의 말은 틀렸도다! 만약에 그대가 신하라면 옆에 앉을 수 없겠지만 가야금을 전수하는 스승의 입장이라면 사도의 도이니 앉더라도 어찌 법도에 어긋난 일이라 말할 수 있겠느냐?"

　　백읍고는 달기의 말을 듣고 치를 떨었다.

　　'이 천한 것이 나를 불충·부덕하고 불효·불인하며 비례非禮·비의非義하고 부지不智·불량不良한 무리로 만드는구나. 생각해 보면 나의 시조이신 단보께서는 요임금의 신하가 되어 사농司農의 관직에 있었으며 10대 동안 전하여 대대로 한 나라를 지탱하는 충량이 아니었던가? 오늘 나는 아버지를 위해 은나라에 조회 왔다가 자칫 잘못 함정에 빠지는구나. 달기가 사악한 음행으로 나라의 기강을 무너뜨리고 교화를 해치며 천자를 깊이 욕되게 하니 그 악행이 적지 않음을 내 어찌 알았으랴? 나 백읍고는 1만 가지 칼날의 주벌을 받을지언정 어찌 희씨가문의 절개를 망칠 수 있으랴?'

　　달기는 백읍고가 꿇어엎드린 채 말이 없고 또 미동도 없자 더욱 사악한 생각이 일었다. 펴볼 만한 계책이 어찌 없으랴.

　　'내가 존귀한 몸으로 오히려 은애하려는 마음을 품었

거늘 어찌 돌아보지 않는단 말인가? 좋다! 다시 한 가지 방법으로 그를 유혹하리라. 설마 사람인 그가 동요치 않겠는가!'

달기는 궁인들에게 술자리를 거두라 명하고 백읍고에게 고개를 들게 하여 말했다.

"그대가 그같이 마시기를 즐기지 아니하니 어쩔 수 없는 일이로구나. 다시 마음을 다해 가야금을 전수하라."

백읍고는 다만 명에 따라 가야금을 전수하며 전처럼 많은 시간을 보냈다.

달기가 갑자기 말했다.

"나는 위에 있고 그대는 아래에 있으니 거리가 너무 멀어 현을 누르는 데 잘못이 많으니 실로 불편하구나. 어찌하면 일시에 능숙하게 될 수 있겠는가? 나에게 한 가지 방법이 있으니 둘 다 편하겠구나. 가까이 와서 내 연주를 살핌이 어떠한가?"

"오래도록 연습하면 자연히 능숙하게 될 것이니 마마께서는 성급히 이루려 하지 마소서."

달기는 정색을 하며 말했다.

"그런 말이 아니다. 오늘 익숙하게 되지 않으면 내일 주상께서 물을 때 무슨 말로 대답할 수 있겠느냐? 심히 불편하구나. 네가 윗자리로 옮겨와 내 뒤에 앉으면 너는 나의 양 손을 잡고 이 현들을 튕긴다면 일각도 되지 않아 익숙해질 터인데 어찌하여 수고로이 시간을 허비하려느냐?"

이에 백읍고는 깜짝 놀라 혼魂이 만 리 밖에 노닐고 백魄이 3천 리 밖으로 달아날 지경이었다.

백읍고가 곰곰 생각해 보았다.

'사단은 이미 정해진 터라 그물망에서 빠져 나가기가 심히 어렵겠구나. 필시 괴이한 마수를 뻗칠 것이니 부친이 자식에게 가르쳐 준 도를 저버리지 않으려면 충언과 직간을 하다가 죽더라도 달게 여길 수밖에 없겠다.'

백읍고는 정색하고 아뢰었다.

"마마의 말씀은 신으로 하여금 영원토록 개나 돼지 같은 사람으로 만드는 것이 되지 않겠습니까? 사관이 역사에 기록할 때 마마를 어떤 황후였다고 하겠습니까? 마마는 바로 만민의 국모로서 천하제후의 공물을 받아 지존의 부귀를 누리고 육궁대궐의 권위를 드높이십니다. 그런데 오늘에 이르러 가야금 배우는 일로 인하여 존귀함의 모독이 여기에 이르렀으니 어찌 체통을 지켰다고 하겠습니까? 이는 아이들이나 하는 놀음이질 않습니까? 만약 이 일이 밖으로 알려지기라도 하면 마마께서 비록 얼음같이 맑고 옥같이 깨끗하다 하더라도 천하만세가 또한 어찌 믿으려 하겠습니까? 마마께서는 한때의 성급함으로 지존에 욕됨을 보이지 않게 하소서."

지독한 수치였다. 달기는 달리 대답할 말이 없어 다만 백읍고를 멀뚱히 쳐다보다가 물러가도록 할 뿐이었다. 백읍고는 누대를 떠나 서둘러 관역으로 돌아왔다.

한편 달기는 이를 갈며 생각했다.

'이 죽일 놈이 나를 이처럼 경멸하다니! '본래 마음을 명월에 기탁했건만, 명월이 도랑을 비출 줄을 누가 알았으랴?'라는 말처럼 도리어 한바탕 모욕만 당했으니, 어쨌든 네놈을 가루로 만들어 원한을 씻으리라!'

달기는 하는 수 없이 천자와 함께 잠자리에 들었다.

다음날 날이 밝자 천자가 달기에게 물었다.

"어젯밤 백읍고가 가르쳐 준 가야금을 잘 익혔소?"

달기는 베갯머리 기회를 잡았다 싶어 잔뜩 헐뜯어 말했다.

"신첩이 폐하께 아뢰나이다. 어젯밤 백읍고는 가야금을 전수해 줄 마음은 전혀 없고 도리어 불량한 생각을 품고서 신첩을 희롱했는데, 그 정도가 너무 지나쳐 참으로 신하로서의 예의가 아니었나이다. 그러니 어찌 신첩이 말씀드리지 않을 수 있겠나이까?"

천자가 듣고서 크게 화가 났다.

"저 어리석은 놈이 어찌 감히 그런 짓을 할 수 있단 말인가!"

하더니 즉시 일어나 의관을 정제하고 식사를 마치는 둥 마는 둥 명을 내렸다.

"백읍고를 불러오라."

백읍고는 관역에 있다가 어명을 듣고 곧장 적성루 아래에 이르러 어지를 기다렸다. 천자가 명했다.

"누대 위로 오르라."

백읍고가 누대로 올라가 절하자 천자가 말했다.

"어제 가야금을 전수해 주면서 무엇 때문에 진심을 다하지 않고 도리어 시간을 지체했느냐? 어디 말해 보라."

백읍고가 아뢰었다.

"가야금을 배우는 일은 마음을 견고하게 하고 뜻을 정성스럽게 해야 숙련될 수 있습니다."

달기가 옆에서 거들었다.

"가야금을 가르치는 방법은 별다른 것이 아니다. 만약 자세하고 분명하며 조리있게 가르쳤다면 어찌 숙달되지 않을 리가 있겠느냐? 다만 그대가 가르치는 것이 분명하지 않고 강론이 엉성하니 어찌 그 음률의 오묘한 경지에 이를 수 있겠는가?"

천자는 달기의 말을 듣고 지난밤의 일이 석연치 않아보였으므로 백읍고에게 명을 내렸다.

"짐이 들을 수 있도록 다시 한 곡조 연주해 보아라. 어떠한지 보겠다."

백읍고는 어명을 받고 가야금을 연주하기 시작했다. 혼자서 생각하기를 '가야금 연주 속에 풍간의 뜻을 담아야지' 하면서 왕을 한탄하는 노래를 불렀다.

한 조각 충심을 푸른 하늘에 이르게 하여,
임금의 수명 무궁하도록 기원하네.
바람과 비는 서로 화합하여 지금의 복과 어울리니,
천하를 통일하여 나라의 복록이 영원하리라.

천자가 조용히 들어보니 가야금의 음 속에 모두 충심 애국의 뜻이 담겨 있고 결코 조금도 비방하는 말이 없었다. 그러니 어찌 백읍고를 죄줄 수 있었겠는가? 천자가 죄줄 마음이 없는 것을 보고 달기는 서둘러 다른 꼬투리를 잡아 말했다.

"백읍고가 전에 흰 얼굴 원숭이를 진상하고 노래를 잘한다고 했는데, 폐하께서는 그 노래를 한번 들어보는 것이 어떻겠나이까?"

천자가 말했다.

"어젯밤 가야금을 가르치는 데 실수가 있어 연습을 못했다 하니 오늘은 진상했던 흰 얼굴 원숭이를 누대로 데려와 한 곡조 시험하도록 하여라."

백읍고는 명을 받고 원숭이를 데리고 왔다. 백읍고는 민간에서나 두드리는 타악기의 하나인 단판檀板을 흰 얼굴 원숭이에게 건네주었다. 흰 얼굴 원숭이가 가볍게 단판을 치면서 은근하고 구성지게 노래를 부르니, 그 소리가 생황처럼 누대 전체에 맑고 깨끗하게 울려퍼졌다. 소리를 높이면 봉황의 울음처럼 우렁찼고 소리를 낮추면 난새의 울음처럼 아름다웠다. 근심있는 사람이 들으면 눈썹을 폈고 즐거운 사람이 들으면 손바닥을 쳤으며, 눈물 흘리는 사람이 들으면 눈물을 그쳤고 사리에 밝은 사람이 듣더라도 넋이 나간 듯이 멍해졌다.

천자는 듣고서 감정이 뒤섞였으며, 달기는 마음이 술에 취한 듯했다. 궁인들도 듣고 세상에 드문 소리라고 여겼다. 그 원숭이가 부르는 노랫소리에 신선이 정신을 집중시키고 항아嫦娥가 귀를 기울였으니, 달기는 정신이 혼미해지고 마음이 산란하여 마치 술에라도 취한 듯이 자기의 형체를 추스를 수가 없었으므로 본모습을 모두 드러내고 말았다.

이 흰 얼굴 원숭이는 바로 천 년 동안 도를 닦은 원숭이로, 열두 겹 누대에서 수행하여 횡골橫骨이 하나도 없었기 때문에 이렇게 노래를 잘 부를 수 있었다. 또한 화안금정火眼金睛을 수련하여 인간과 요괴를 잘 구별했다.

비록 천자와 신하들은 달기의 변한 모습을 보지 못했지만, 흰 얼굴 원숭이의 눈에는 위편에 여우가 있는 것이 보였다. 여우가 바로 달기의 본모습이라는 것을 원숭이는 알 리 없었다. 원숭이가 아무리 도를 체득했다 하더라도 결국은 짐승이었다.

이 원숭이는 단판을 내팽개치고는 아홉 마리 용이 그려져 있는 연회상을 넘어 재빠르게 달기의 얼굴을 내리치며 붙잡으려 했다. 달기가 뒤로 날쌔게 피했는데 문득 천자가 이를 보고 주먹으로 흰 얼굴 원숭이를 치자 원숭이는 땅에 고꾸라져 죽어버렸다.

달기가 말했다.

"백읍고는 원숭이를 진상하여 남몰래 암살하려 했는데, 만약 폐하께서 구해 주신 은혜가 아니었다면 신첩의 운명은 끝났을 것이오이다."

천자는 크게 화가 나서 좌우를 향해 소리쳤다.

"백읍고를 붙잡아 채분에 집어넣어라!"

양쪽의 시어관이 백읍고를 붙잡자 그는 거친 목소리

로 외쳤다.

"억울합니다!"

백읍고가 계속해서 억울하다 하므로 천자는 잠시 그를 놓아주라고 했다.

"이 고얀 놈 같으니! 흰 원숭이가 암살하려 한 것을 여러 사람이 다 보았는데, 어찌하여 억울하다고 강변하려 드느냐?

백읍고는 눈물을 흘리며 아뢰었다.

"원숭이는 바로 산중의 동물로서 비록 사람의 말을 수련했지만 야수성질을 버리지 못합니다. 또한 원숭이는 과일을 좋아할 뿐 익힌 음식을 좋아하지 않습니다. 지금 살피건대 연회상 위에는 온갖 과일이 가득 차 있었습니다. 그러니 과일을 먹으려는 급한 마음에 단판을 팽개치고 술좌석을 헤집고 다녔던 것입니다. 게다가 원숭이 손에는 조그마한 칼도 없었는데 어찌 사람을 상하게 할 수 있겠습니까? 신은 대대로 폐하의 큰 은혜를 입었는데 아무리 황망한 때일지라도 어찌 감히 잊을 수 있겠습니까? 원컨대 폐하께서는 이 점을 헤아리소서."

천자는 백읍고의 말을 듣고 한참 생각하다가 노여움을 기쁨으로 바꾸며 말했다.

"왕비! 백읍고의 말이 옳소. 원숭이는 산 속의 동물로 결국 야수의 성질을 버리지 못하오. 하물며 칼도 없었는데 어찌 살상을 할 수 있겠소?"

이에 백읍고를 사면하자 은혜에 감사했다.

달기가 말했다.

"백읍고에게 죄가 없다고 사면하셨으니 다시 가야금으로 기이한 곡조를 연주해 보도록 시키소서. 가야금의 곡조 속에 충성되고 선량한 마음이 있다면야 천만다행이나, 만에 하나라도 경모하는 마음이 없다면 용서치 마소서."

"왕비의 말이 참으로 좋소."

백읍고는 달기의 말을 듣고 곰곰이 생각해 보았다.

'이번엔 그 굴레를 벗어날 수 없을 것이다. 그렇다면 이 보잘것없는 육신이나마 직간하다 죽어 사책史冊에 남겨진다면, 이 또한 우리 희씨가문이 대대로 충성과 선량한 마음을 잃지 않았음을 보여주는 것이 되리라!'

백읍고는 명에 따라 다시 한 곡조를 연주했다.

명군明君이라면 힘써 덕을 펴고 인을 실천하나니,
일찍이 차마 하지 못할 마음으로
무거운 세금과 번다한 형벌을 시행했다고는
아직 들어보질 못했네.

치솟는 연기의 포락형벌에 근골은 부숴지고,
몸서리쳐지는 채분형벌은 가슴을 경악케 하네.
모든 백성의 피는 주지酒池로 들어가고,
사방의 기름진 것은 모두 육림肉林에 걸려 있네.
베틀은 텅 비었는데 녹대엔 비단 가득하고,
농기구는 부러졌는데 거교鉅橋엔 곡식이 가득하네.
생각해 보건대,
명군이라면 참언을 버리고 음행을 추방하며,
기강을 진작시켜 천하를 태평하게 해야 하리.

백읍고가 연주를 마쳤으나 왕은 그 음악이 무엇을 뜻하는지 분명히 깨닫지 못했다. 하지만 달기는 요사스럽게 가야금의 가락 속에 임금을 비방하는 말이 있음을 알아챘다.

달기는 손으로 백읍고를 지적하며 말했다.

"간덩이 부은 놈 같으니! 감히 가야금의 곡조 속에 비방의 말을 숨겨 군주를 욕하여 탓하는 마음을 담다니! 진정 교활한 무리로 용서받지 못할 죄를 지었도다."

천자가 달기에게 물었다.

"가야금의 가락 속에 비방의 말을 담았다니, 짐은 아직도 모르겠소."

달기는 가야금 가락 속의 뜻을 자세히 설명해 주었

다. 그제야 천자는 크게 노하여 좌우에게 체포하라고 명했다.

백읍고가 아뢰었다.

"신에게 마지막 한 곡조가 남았으니 시험삼아 폐하께 들려드리고 싶습니다."

그리고는 바로 가야금을 연주했다.

원컨대 왕께서는 여자를 멀리하여 기강을 바로잡고,
속히 달기를 내쫓아 천하를 태평하게 하소서.
요괴가 없어지면 제후들이 기뻐 복종할 것이며,
사악한 것을 물리치면 사직이 평온할 것이로다.
백읍고를 죄에 빠뜨리면 낭패를 당할 것이나,
달기를 쫓아버리면 사관이 길이길이 선양하리로다.

백읍고가 노래를 끝마친 뒤 머리를 돌려 가야금으로 연회상을 내리치자 쟁반과 접시가 어지럽게 날았다. 달기가 몸을 피하다 땅바닥에 나자빠졌다.

천자가 크게 노하여 말했다.

"이놈! 원숭이가 암살하려 했으나 너에게 변명을 하도록 기회를 허락했는데, 가야금으로 황후를 치려 하다니! 시해하려는 의도가 분명하니 용서받지 못할 것이다."

이어서 좌우 시어관에게 명했다.

"백읍고를 적성루 아래로 끌고 가서 채분에 집어넣어라!"

여러 궁인이 달기를 일으켜 세우자 달기가 말했다.

"폐하! 백읍고를 처리하는 문제는 신첩이 몸소 하겠나이다."

천자는 달기의 말을 듣고 백읍고를 누대 아래로 끌고 가게 했다. 달기는 좌우 사람들에게 명하여 네 개의 못을 가져오게 했다. 그런 다음 그의 팔다리에 못질을 하고 칼로 잘게 썰도록 했다.

백읍고는 형벌이 가해지는 내내 큰소리로 달기를 욕했다.

"천박한 년 같은이! 성탕의 화려한 강산을 헛되게 만들다니. 내가 죽는 것은 아깝지 않으나 충성의 이름과 효도의 절조는 항상 남을 것이다. 내가 살아서 너의 육신을 씹을 수는 없지만 죽은 뒤에 반드시 악귀가 되어 너의 혼을 먹고야 말 것이다."

가련하게도 효자는 아버지를 위하여 상나라에 왔다가 결국 칼에 잘게 썰리고 말았다. 잠시 뒤 잘게 썰린 백읍고의 육신은 젓갈로 만들어졌다. 천자가 채분에 넣어 뱀의 먹이로 삼으라고 명하자 달기가 말했다.

"아니됩니다. 첩이 들자오니 희창은 성인이라 불리며

화복과 음양을 잘 안다고 하더이다. 성인은 자식의 고기를 먹지 않는다고 들었으니, 지금 주방에 명하여 백읍고의 육신을 재료로 떡을 만들어 희창에게 내리소서. 만일 먹지 않는다면 속히 그를 죽여 후환을 남기지 마소서."

천자가 말했다.

"그대의 말은 정말 짐의 뜻과 합치하도다. 속히 주방에 명하여 백읍고의 육신으로 떡을 만들고 유리성에 관리를 파견하여 희창에게 주도록 하라."

그제야 달기는 노여움을 풀 수 있었다.

散宜生私通費尤

은밀히 뇌물을 산의생이
비중·우혼에게 쓰다

한편 서백후西伯侯는 유리성에 갇혀 대문을 닫고 죄를 기다렸다. 그러면서 복희伏羲의 8괘를 64괘로 변화시키고 다시 364효爻를 만들었는데, 안으로 음양이 변화하는 기미와 주기적인 운행의 오묘함에 의거했다. 이것은 나중에 『주역』이 되었다.

희백姬伯은 무료하고 근심스러운 마음으로 가야금을 연주했는데 갑자기 가야금의 현에서 살기띤 소리가 났으므로 놀라지 않을 수 없었다.

'이 살기띤 소리는 괴이한 일을 말하려 하는 것인가?'

황급히 가야금을 멈춘 희백은 서둘러 동전점을 쳐보고 나서야 그 뜻을 알았다. 그의 눈에서는 자신도 모르는 사이에 주르륵 눈물이 흘러내렸다.

'내 자식이 아비의 말을 듣지 않더니 육신이 썰리는 재앙을 만났도다! 오늘 자식의 육신을 먹지 않는다면 죽음을 피하기가 어려울 것이나, 그렇다고 자식의 육신을 차마 어찌 먹을 수 있단 말인가? 마음을 칼로 도려내는 듯한데도 슬피 울 수조차 없구나!'

희백은 간신히 슬픔을 참으면서 마음속으로 흐느낄 뿐이었다.

이윽고 왕명을 전하는 사명관使命官이 도착하여 천자의 어지를 내렸다. 희백은 상복을 입고 어지를 받들면서 말했다.

"무례한 신이 죽을죄를 지었습니다."

희창이 어지를 받들어 모두 읽자 사명관이 용과 봉황이 그려진 찬합을 그의 오른쪽에 내려놓으며 말했다.

"주상께서는 현후께서 유리성에 오래도록 구금되어 있음을 생각하고 마음이 편치 못하십니다. 어제 황제께서 말을 타고 사냥을 나갔다가 사슴을 잡았기에 육병肉餅 즉 고기를 넣어 떡을 만들어 현후께 내리도록 하셨습니다. 이에 어명을 전합니다."

희창은 탁자 앞에 꿇어앉아 찬합을 열며 말했다.

"성상께서 말을 타고 사냥하시는 수고로움을 참고 도리어 무례한 신하에게 사슴고기로 만든 음식을 내려주셨으니 폐하께서는 만수무강하소서!"

은혜에 감사하고 나서 연이어 세 개의 육병을 먹고는 찬합을 닫았다. 사명관은 희창이 자식의 육신을 먹는 것을 보고 속으로 생각했다.

'사람들은 희백이 하늘의 신령스러운 운수와 길흉을 잘 점친다고 하던데, 오늘 자식의 육신을 보고도 알지 못하며 속히 먹어치우면서 맛있다고 여기는가? 음양과 길흉을 잘 안다고 전하는 말은 모두 거짓이었구나!'

자식의 육신을 먹는 고통을 참으면서도 희창의 얼굴에는 슬픈 기색을 조금도 보이지 않았다. 그는 정신을 가다듬어 자세를 바로한 채 사명관에게 말했다.

"대인! 몸소 천자의 은혜에 감사할 수 없는 형편이니, 번거롭겠지만 이 희창이 황제의 은혜에 오직 감사할 뿐이라고 전해 주시오."

희창은 몸을 숙여 절하면서 말했다.

"성상의 빛나는 은혜가 유리성에까지 널리 비칩니다."

사명관은 조가성으로 돌아갔다.

희백은 자식의 고통을 생각하면서도 감히 눈물을 흘리거나 곡하지 못했다. 다만 조용히 시 한 수를 지어 탄식할 뿐이었다.

서기 땅을 떠나 예까지 오면서,
일찍이 강과 관새를 지나 찾아올 필요없다 말했었지.
어리석은 주군에게 조공이나 할 것만 알았지,
주군 안색을 살펴 간하는 것은 깨닫지 못했네.
어린 충량 공연히 처참하게 되었으니,
비 오듯 눈물만 흐르는구나.
떠도는 혼 어디에 머물까?
청사에 그 이름 길이 남기만을 비는도다.

한편 사명관은 조정으로 돌아가 보고했다. 천자는 현경전에서 비중費仲·우혼尤渾과 함께 장기를 두고 있었는데, 좌우의 시어관이 아뢰었다.

"사명관이 어지를 기다리옵니다."

천자가 대전에 이르러 보고하라고 명하자 사명관이 아뢰었다.

"신이 어지를 받들어 육병을 유리성에 전달해 주었사온데, 희창이 은혜에 감사드리며 말했습니다. '저는 죄를 지었기 때문에 마땅히 죽었어야 하는데도 성은으로 용서받고 다시 살아나 먼 곳에서나마 바라볼 수 있게 되었으며, 지금 황상께서 몸소 말을 타고 사냥하시는 수고를 아끼지 않으시어 저는 편안히 육병을 받게 되었으니 넓으신 성은에 감읍하여 몸둘 곳이 없습니다.' 이렇게 말하며 희창은 땅에 꿇어앉아 찬합을 열어 연달아 세 개의 육병을 먹어치우고 머리 숙여 감읍했습니다. 그는 또 신에게 말하기를 '무례한 신하 희창은 성상께 면목이 없습니다' 하며 여덟 번 절을 하고 저에게 말씀드려 달라고 했습니다."

왕은 사신의 말을 전해 듣고 비중에게 말했다.

"희창은 평소 명성이 드높고 하늘의 운수를 잘 풀어 길흉과 화복에 대한 판단이 정확했는데, 지금 자기 자식의 육신을 먹고도 알지 못하니 어찌 사람들이 말하는 이야기를 믿을 수 있겠는가! 짐이 생각건대 희창은 7년 동안이나 구금되어 있었으니 사면하여 환국토록 하고 싶은데, 두 경의 의향은 어떠하오?"

비중이 아뢰었다.

"희창의 점은 틀림이 없으니 반드시 자식의 육신임을 알았을 것입니다. 먹지 않으면 또 살육될까 두려웠기 때문에 억지로 먹을 수밖에 없었고, 재앙을 면해 보려는 생각에 부득이 먹었을 것입니다. 폐하께서는 살피소서!

간교한 술책입니다."

"희창이 자식의 육신이라는 것을 알았다면 결코 먹으려 하지 않았을 것이오. 희창은 대현大賢이라 하는데, 어찌 대현으로서 자식의 육신을 차마 씹어먹을 수 있겠는가?"

"희창은 겉으로는 충성심이 있는 것 같으나 안으로는 간교함을 품고 있어 사람들이 모두 그에게 기만당했으니 지금처럼 유리성에 감금해 두는 것이 좋겠습니다. 호랑이가 함정에 빠지고 새가 그물에 걸리는 형세에도 예리한 기세를 연마하고 있을 것입니다. 하물며 지금 동·남 양쪽에서는 반역을 자행하여 아직도 복종하지 않습니다. 지금 만일 희창을 방면해 준다면 이는 근심거리 하나를 더하는 것이 됩니다. 폐하께서는 유념해 주소서."

"경의 말이 옳소."

천자가 비중의 참언을 그대로 따랐으니, 이것은 바로 서백후의 재난이 아직 끝나지 않았음을 뜻한다.

한편 백읍고의 수행원들은 천자가 백읍고를 죽여 젓갈을 만들었음을 알고 밤새 달아나 서기로 돌아가 둘째 공자 희발姬發을 알현했다.

수문관리가 희발에게 와서 보고했다.

"공자를 따라 조가성으로 갔던 가병장이 명을 기다리고 있습니다."

희발은 보고를 듣고 명을 내려 대전 앞에 이르도록 했다. 가병들이 곡하며 꿇어엎드려 절했다. 희발이 놀라 그 연고를 묻자 돌아온 사람이 아뢰었다.

"공자께서는 조가성으로 가서 공물을 바치고 유리성에 가서 아버님을 만나뵙지 않은 채 먼저 왕을 알현했습니다. 그런데 무슨 일인지 모르겠으나 전하를 젓갈[육장]로 만들어 버렸습니다."

희발은 그 말을 듣자 넋을 잃고 혼절할 뻔했다. 장형이 죽었다는 소식을 차마 믿을 수가 없었다. 그때 신하들 가운데 대장군 남궁괄이 소리치며 말했다.

"공자께서는 서기의 소주군이신데 지금 천자에게 공물을 바치고서도 도리어 육장에 처해지는 형벌을 당하셨습니다. 게다가 주군께서는 유리성에 감금되어 있습니다. 그래도 우리들은 군신의 예절이 있기에 선천자를 저버리고 싶지 않았습니다. 그러나 지금 공자께서 무고하게 살육되었으니 마음은 쓰리고 뼈는 부서질 것 같습니다. 군신간의 의리는 이미 끊어졌고 기강의 구분은 모두 무너졌습니다. 지금 동·남 양쪽에서 여러 해 동안 고통스러운 전쟁이 있지만 우리들은 국법을 받들어 신하의 절개를 지켜왔습니다. 그런데도 지금 이미 이와 같으니 온 나라 군대로써 조가성을 함락시켜 어리석은 군주를 제거하고 현명한 군주를 세워야 합니다. 이는 난을 평정하고 태평한 세상으로 돌아가는 것이니 어찌 신하된 절개를 버렸다고 할 수 있겠습니까?"

당시 4명의 현인과 8명의 준걸한 인재가 있었는데, 그들 가운데 신갑申甲·신면申免·태전太顚·굉요閎夭·기공祁公·윤적尹積과 서백후의 서른여섯째 아들인 희숙 도姬叔度 등이 모두 남궁괄의 말을 듣고 일제히 외쳤다.

"남궁 장군의 말이 옳소이다!"

여러 신하들이 이를 부드득 갈면서 눈썹을 치켜세운 채 눈을 부릅뜨고 일곱 칸 대전에서 분노를 표출하자 희발까지도 마음을 정하지 못했다. 그때 문득 산의생이 큰 소리로 말했다.

"공자께서는 흔들리지 마소서. 신이 아뢸 것이 있습니다."

"상대부께서는 무엇을 말씀하려 하십니까?"

"공자께서는 망나니에게 명하여 먼저 남궁괄을 궁문 밖으로 끌어내 참수케 하소서. 그런 다음에 다시 대사를 의논할까 합니다."

희발과 여러 장수들이 놀라 그 까닭을 물었다.

"선생께서는 어찌하여 따를 수 없는 말을 하십니까?"

산의생이 여러 장수들에게 말했다.

"이런 자야말로 난신적자입니다. 필연코 주군을 불의에 빠뜨릴 것이니 이치상 먼저 참하고 다시 국사를 논하는 것이 합당합니다. 여러 공들은 앞뒤 생각없이 전쟁을 말하고 있지만 계책이란 하나도 없는 듯하지 않습니까? 잘 모를 일이지만 주군께서는 신하의 절개를 굳게 지키면서 조금이라도 배반할 마음이 없으실 것이며 유리성에 갇혀 있으면서도 원망하는 말을 결코 하지 않았을 것입니다. 공들은 지금 이러한 우리의 처지에 어찌 대처하는 것이 좋다고 생각하십니까? 군사가 다섯 관문에 도착하기도 전에 먼저 주군을 불의에 빠뜨려 죽게 할 것이니 여러분의 생각은 진실로 모르겠습니다. 때문에 먼저 남궁괄을 참하시고 나서 다시 국사를 의논하는 것이 옳다는 말씀입니다."

공자 희발과 여러 장수들은 그 말을 듣고 나서 아무 말도 할 수 없었다. 남궁괄도 말없이 고개를 숙였다.

산의생이 말했다.

"공자께서는 저의 말을 듣지 않았기 때문에 오늘 죽음을 면치 못한 것입니다. 옛날 주군께서 조가성에 가시던 날 하늘의 운수를 푸시고 '7년재앙으로 재난이 가득

차면 자연히 영화롭게 돌아올 날이 있을 테니 사람을 보내 찾을 필요가 없다'고 하셨습니다. 그 말씀이 아직도 귓가에 쟁쟁한데, 전하께서 듣지 않으시다가 이런 화를 자초했습니다. 또 뇌물을 쓰는 데도 실수를 범하셨습니다."

산의생이 말에는 조리가 있었다.

"지금 천자가 비중과 우혼 두 도적을 총애하고 있는데도 출발에 앞서 두 사람에게 뇌물로 쓸 예물을 준비하지 않았으니 죽음의 화를 당하셨던 것입니다. 지금 계책을 꾸민다면 사신 한 명을 먼저 보내 많은 뇌물로 비중·우혼과 밀통케 하여 안팎으로 서로 호응토록 하고 나서 상소문을 잘 꾸며 간절히 애걸하는 것이 가장 훌륭한 계책입니다. 만일 간신들이 뇌물을 받아들인다면, 반드시 천자 면전에서 좋은 말로 변호할 것입니다. 그렇게 되면 노쇠하신 대왕께서는 자연스럽게 환국할 것이며, 바로 그때 천자의 악업이 가득 넘치기를 기다렸다가 천하제후들을 모아 함께 응징해야 합니다. 백성을 위로하고 죄업을 징벌하는 군대를 일으키면 천하는 자연히 메아리처럼 호응할 것입니다. 만약 그리 하지 않는다면 한갓 패망을 자초하고 오명을 후세에 남겨 천하의 웃음거리가 될 뿐입니다."

희발이 말했다.

"선생의 가르침은 참으로 훌륭하여 일시에 머리가 트이도록 하니, 진실로 금옥과 같은 논리입니다. 먼저 어떤 예물을 써야 하며 또 누구에게 뇌물을 줘야 하는지를 선생께서 분명히 말씀해주시오."

"명주·흰구슬·채색비단·황금·옥대 등을 사용하고 똑같이 둘로 나누어 쓰셔야 합니다. 하나는 태전太顚을 사신으로 하여 비중에게 보내고, 또 하나는 굉요閎夭를 사신으로 하여 우혼에게 보내십시오. 두 장군으로 하여금 한밤중에 다섯 개의 관문을 통과한 뒤 장사꾼으로 변장하여 몰래 조가성으로 들어가도록 하십시오. 비중과 우혼이 만약 이 예물을 받는다면 대왕께서는 채 하루도 되지 않아 귀국할 것이니 자연히 아무 일도 없을 것입니다."

공자는 크게 기뻐하며 서둘러 예물을 마련했다. 산의생은 서신을 잘 윤색한 뒤 두 장군을 사신으로 삼아 조가성으로 가게 했다.

태전과 굉요는 장사꾼으로 변장하여 몰래 예물을 가지고 한밤중에 사수관汜水關으로 갔다. 관문에서는 검수가 엄격했으나 두 장군은 무사히 관문으로 들어갈 수 있었다.

일은 일사천리로 순조롭게 진행되어 계패관界牌關을

지나고 8십 리를 가서 천운관穿雲關으로 들어가고 또 동관潼關을 지나고 1백2십 리를 지나 임동관臨潼關에 이르렀다. 이어서 면지현을 지나 황하를 건너고 맹진에 도착하여 조가에 이르렀다.

두 장군은 감히 관역에 머물지 못하고 객점에 투숙하여 쉬면서 남몰래 예물을 수습했다. 태전은 비중의 저택으로 가서 서신을 전했고, 굉요는 우혼의 저택으로 가서 서신을 전했다.

한편 비중은 저녁이 되어서야 조정에서 돌아와 집에 있었는데 그때 문지기가 주인께 아뢰었다.

"서기땅 산의생의 사신이 서신을 보냈습니다."

비중은 웃으며 말했다.

"늦었구나! 들어오게 하여라."

태전이 대청 앞에 이르러 예를 행하고 마주하자 비중이 물었다.

"그대는 누구이기에 이리 야심한 시각에 나를 보려 하는가?"

태전은 몸을 일으켜 대답했다.

"소장은 바로 서기땅의 신무神武장군 태전입니다. 지금 상대부인 산의생의 명을 받들어 초면인사를 드리게 되었습니다. 대부께서 생명을 보전케 해주신 큰 은혜에 힘입어 우리 주군께서 다시 살게 되었으니 그 은혜는 높고 깊음에 끝이 없습니다. 하오나 매번 미력을 다하여 조그마한 보탬도 되지 못했다는 것을 생각하여 지금 특별히 소장에게 문안편지를 올리도록 했습니다."

비중은 태전이 가져온 편지를 뜯어보았다.

서기의 미진한 관리 산의생이 머리를 조아려 절하면서 상대부 비중 어른께 글을 올리옵니다. 오래도록 큰 덕을 앙모했지만 일찍이 찾아뵙지 못했으니 스스로 비루함을 부끄러워하고 있습니다. 이에 다음과 같이 아뢰옵니다. 저희들의 주군인 희백은 어리석어 천자의 뜻을 어겼으니 그 죄는 용서받지 못할 일이었습니다. 하오나 대부께서 구원해주신 은혜로 다시 생명을 온전케 할 수 있었던 것에 대해 깊이 감동하고 있습니다. 이렇게 큰 은혜를 입었는데, 그밖에 또 무엇을 더 바랄 수 있겠습니까? 저희들은 편벽된 곳에 거하는 까닭에 아직 은혜를 갚지 못하여 날마다 황제께서 사시는 곳을 바라보며 멀리서나마 만수무강을 축수드릴 뿐이었습니다. 지금 특별히 조그마한 예물을 준비하여 대부 태전 편에 보내오니, 흰구슬 두 쌍과 황금 백 일鎰로 서방 여러 사민士民의 작은 정성을 조금이나마 표시할까 합니다. 부디 공손하지 못하다 하여 죄 주지 마시기 바랍니다. 다만 저희들의 주군은 몸이 노약하고 남은 생이 얼마 되지 않은데 오래도록 유리성에 구금되어 있으니 정리로 볼 때 매우 망극하기만 합니다. 하물며 시골에 기탁해 있는 노모와 어린 아들과 신하들은 밤낮으로 그리워하며 다시 만나볼 수 있기를 바라오니, 간절히 바라옵건대 높은 은혜와 커다란 자비를 베풀어 임금께 아뢰어 귀국토록 해주신다면, 누대 같은 은혜를 자손대대로 깊이 간직할 것입니다. 편지를 올림에 임하여 두려움을 금할 길이 없습니다! 삼가 올립니다.

비중은 편지와 예물을 살펴보고 혼자 곰곰이 생각해보았다.

'이 예물은 만금의 값어치인데, 지금과 같은 경우 어찌 일을 처리해야 하는가?'

한동안 생각하다가 태전에게 분부했다.

"그대는 돌아가 산의생에게 금방 회답을 줄 수 없다고 전하게. 내가 조만간 기회를 보아 자연스레 주군을 귀국토록 할 터이니 결코 그대의 대부께서 기탁한 정을 저버리지 않겠노라 전하게."

태전은 감사해 하며 하직인사를 올렸다. 또 얼마 되지 않아 굉요도 우혼에게 가서 예물을 전하고 돌아왔는데, 두 사람이 서로 말한 것이 한결같았다. 두 장수는 크게 기뻐하며 서둘러 행장을 꾸려 서기로 돌아갔다.

비중은 산의생의 예물을 받고 나서 우혼에게 묻지 않았으며 우혼도 비중에게 묻지 않았다. 결국 두 사람은 서로 모르는 체했다.

어느 날 천자는 적성루에서 두 신하와 함께 장기를 두고 있었다. 천자는 두 판을 연승하고 났던 까닭에 크게 기뻐하며 주연을 마련토록 했다. 비중과 우혼은 천자 옆에서 시중들면서 술잔을 주고받았다. 그때 갑자기 천자가 백읍고가 가야금을 우아하게 연주하던 일과 원숭이가 기막히게 부르던 노래를 상기하며 말했다.

"희창은 자식의 고기를 먹었으니 그가 논한 선천先天의 운수라는 것은 모두 허황된 거짓말이니 어찌 정해진 운수가 먼저 있을 수 있겠는가?"

비중은 이때를 기회삼아 아뢰었다.

"신은 희창이 평소에 반역무도하고 신하답지 못한 마음을 가졌다고 들었기에 그 동안 방비해 왔습니다. 마침 며칠 전에 심복을 시켜 유리성에 가서 그 허와 실을 살피도록 하기도 했습니다. 유리성의 군민들은 모두가 희창은 정말로 충의가 있는 사람이며, 매달 초하루와 보름이면 향을 피우고 폐하를 위해 기도드린다 합니다. 폐하께서 7년 동안 감옥에 가두어 두었지만 희창은 결코 원망하는 말은 한 마디도 없었답니다. 신의 생각에도 희창은 정말로 충신이 아닌가 생각됩니다."

천자가 말했다.

"경은 전날에 희창은 '겉으로는 충성심이 있는 것 같지만 안으로는 간교함과 사악함을 품고 있다'고 했으며, 앙심을 감추고 있어서 결코 좋은 사람이 아니라고 말했는데 어찌하여 오늘은 말을 반대로 하시오?"

비중이 또 아뢰었다.

"다른 사람들의 말을 들어보니 희창은 충성스러운 사람인 것도 같으며 간사스러운 사람인 것도 같아 일시에 판단할 수 없었습니다. 때문에 신은 암암리에 심복을 시켜 진실을 탐문토록 했던 것인데, 이제야 희창이 충성스러운 사람임을 알았습니다. 정말로 '길은 멀어야 준마의 힘을 알 수 있고, 날이 오래 되어야 인심이 드러난다'고 하는 말 그대로입니다."

천자가 말했다.

"우 대부는 어떻게 생각하오?"

"비중의 아룀이 기실 틀리지 않습니다. 신이 생각해 보건대 희창은 수년 동안 억류되어 있지만, 유리땅 만민들을 훈육하여 만민들이 덕화에 감화되어 교화가 행해지고 풍속이 아름다워졌다 합니다. 백성들은 충효절의는 알지만 망령된 행동과 사악한 짓은 알지 못하며 날마다 선행을 좇고 있답니다. 폐하께서 신에게 물으시니 신은 곧이곧대로 대답 올리지 않을 수 없습니다. 방금 비중이 아뢰지 않았더라도 신은 그리 아뢰었을 것입니다."

"두 경의 말이 같으니 필시 희창은 좋은 사람임에 틀림없을 것 같소. 짐이 희창을 사면하려 하는데 두 경의 뜻은 어떠하오?"

비중이 아뢰었다.

"신은 감히 주청드리지 못하겠습니다. 다만 폐하께서 긍휼히 여겨 본국으로 돌아가게 해주신다면, 희창은 폐하께서 다시 살려주신 은혜에 감읍함이 그칠 날이 없을 것입니다. 본국으로 돌아가서는 반드시 견마지로를 다하여 평생토록 보답할 것이니 신이 생각하건대, 희창은 남은 여생을 폐하께 충성된 마음을 보존할 것입니다."

우혼은 옆에서 비중이 힘을 다해 희창을 보호하려는 것을 보고 그제야 눈치를 챘다. 분명코 서기의 예물을 받았을 것이라고 생각하면서 마음속으로 곰곰 헤아렸다.

'저 사람 혼자 은혜를 베푸는 듯이 놔둘 수야 없지!'

우혼이 나서며 아뢰었다.

"폐하께서 하늘같은 은혜로 희창을 사면하시고 다시 은전을 더해 주신다면, 그는 자연히 마음을 기울여 나라를 위할 것입니다. 하물며 지금 동백후 강문환이 반역하여 유혼관遊魂關을 공격했는데, 대장인 두영竇榮이 7년의 큰 싸움을 통해서도 아직 승부를 내지 못하고 있습니다. 남백후 악순도 반역을 도모하여 삼산관을 공격했는데, 대장인 등구공鄧九公이 7년 동안 전쟁을 치렀지만 쌍방이 대등합니다. 군사들은 편안히 휴식할 날이 없는데 봉화는 사방에서 연일 일어나고 있습니다. 신의 좁은 소견으로 생각해 보건대, 희창에게 왕의 봉작을 더해 주고 백모白旄와 황월黃鉞을 빌려주어 천자를 대신하여 정벌을 단행토록 하시고 서기 땅을 편안히 하도록 전권을 부여해 주소서. 희창은 평소에 현명하다는 명성이 있었으니 천하의 제후들은 두려워 복종할 것이며, 동쪽과 남쪽의 두 진에서 이를 알게 되면 싸우지 않고 스스로 퇴각할 것이 틀림없습니다. 이야말로 이른바 '한 사람을 등용하여 불초한 사람들을 멀리 쫓아버린다'는 처사가 아니겠습니까?"

천자는 말을 듣고 크게 기뻐하면서 말했다.

"우혼은 재주와 지혜가 모두 훌륭하니 사랑스럽고, 비중은 현량들을 잘 끌어당겨 등용할 줄 아니 실로 높이 살 만하도다."

두 사람은 성은에 감사했다. 천자는 즉시 사면령을 내려 희창에게 유리성을 속히 떠나도록 조치했다. 사신이 사면장을 들고 조가를 나가니 여러 관리들은 소식을 들고 크게 기뻐했다. 사신은 달리는 말에 채찍을 더해 유리성으로 갔다.

한편 유리성에 있던 서백후는 천자에 의해 육장당한 큰아들의 고통을 잊지 못하고 있었다.

'아들은 서기땅에서 태어나 조가에서 절명했으니, 아비의 말을 듣지 않아 이렇게 갑작스러운 화를 만난 것이다. 성인은 자식의 고기를 먹지 않는다 하는데, 내가 아비가 되어 부득이 씹어먹었던 것은 바로 권도權道의 계책을 좇은 것이로다.'

그때 돌연히 한바탕 광풍이 불더니 처마의 기와가 휘날리다 박살나버렸다. 서백은 놀라며 말했다.

'이 또한 기이한 조짐이 아닌가!'

서백은 향불을 피워놓고 동전으로 팔괘를 뽑아 그 내막을 풀어보았다. 희백은 머리를 끄덕이며 탄식했다.

"오늘 천자의 사면장이 도착하겠군!"

서백이 좌우사람들을 불러 말했다.

"천자의 사면장이 도착할 터이니 행장을 꾸려 떠날 차비를 하라."

수행인들은 믿으려 하지 않았다. 그렇지만 얼마 되지 않아 과연 사신이 어지를 전하고 사면장이 도착했다.

서백은 사면장을 받고 허리를 굽혀 예를 마쳤다.

사신이 말했다.

"성지를 받들어 희백 대인을 사면하나이다."

희백은 북쪽을 향해 은혜에 감사하고 곧바로 유리성을 떠났다. 부로들은 양을 끌어오거나 술을 짊어지고 와서 길옆에 꿇어앉아 말했다.

"왕께서는 오늘 용이 운무를 만나고 봉황이 오동나무에 앉으며 호랑이가 높은 산을 오르고 학이 송백에 깃드는 듯한 행운을 잡았습니다. 7년 동안 왕의 교훈에 힘입어 어른과 아이 모두가 충효를 알고 부녀는 모두 정결을 알았으며, 교화가 행해져 풍속이 아름다워졌으니, 모든 백성 남녀노소 할 것 없이 왕의 커다란 은혜에 감격하지 않는 사람이 없습니다. 오늘 높으신 어른과 이별하면 두 번 다시는 어른의 덕화를 받지 못할 듯합니다."

애석해 하며 모두들 눈물을 흘렸다. 서백 또한 눈물을 흘리며 말했다.

"내가 7년 동안 억류되어 있으면서 백성들에게 조금의 끼친 바가 없었거늘 술과 예의로 위로하니 내 마음이 설레는구나. 단지 바라노니 결코 내가 가르친 법도를 저버리지 말라. 그리하면 온갖 일이 잘 진행될 것이며 조정의 태평스러운 복을 누릴 수 있을 것이다."

백성들은 더욱더 슬픔에 잠겨 십 리 밖까지 전송하며 눈물을 흘렸다.

서백후는 하루 만에 조가에 도착했다. 백관들이 궐문에서 맞이했다. 여덟 명의 간의대부인 미자·기자·비간·미자계·미자연·맥운麥雲·맥지麥智·황비호가 모두 나와 서백후를 영접했다.

희창은 여러 관리를 보고 서둘러 예를 행하고 감사의 말을 했다.

"본분을 다하지 못한 신하가 7년 동안 여러 대인들을 만나보지 못했는데, 오늘 하루아침에 천자의 특별사면을 받았소. 이는 모두 여러 대인들의 음덕으로 다시 하늘을 볼 수 있게 된 것입니다."

여러 관리들은 희창이 연로하지만 정신은 더욱 건강함을 보고 서로 위로하며 기뻐했다.

문득 사명관이 어지를 알렸다. 천자는 마침 용덕전에 있었는데 어지를 기다린다는 소식을 듣고 여러 관리에게 희창을 따라 알현토록 명했다.

희창은 흰옷을 입고 엎드려 아뢰었다.

"무례한 신하 희창은 죽어 마땅한 죄를 지었음에도 사면의 은혜를 입었습니다. 폐하께서 다시 살려주시니 남은 여생 분골쇄신하여 보은하겠나이다. 폐하께서는 만수무강하소서!"

천자가 말했다.

"경은 유리성에서 7년 동안 구금되어 있으면서 조금도 원망하는 말이 없었고, 도리어 국가의 복록이 영원히 이어질 것을 기원했다고 하니 짐은 참으로 감동했노라. 이제 짐이 특별히 조칙을 내려 경의 죄를 사면하고 다시 현명하고 충성스러운 공들의 우두머리인 문왕으로 봉하노니 오로지 정벌의 임무를 수행하라. 또한 경에게 백모와 황월을 하사하니 서기땅을 편안히 다스리도록 하라. 매달 봉록으로 쌀 1천 석을 내릴 것이며, 문관 두 명과 무장 두 명이 경의 돌아가는 길을 잘 전송할 것이니라. 또한 용덕전에서 주연을 베풀 것이니 사흘 동안 거리를 나돌며 쉬다가 배알토록 하라."

곧 용덕전에서 주연이 베풀어졌다.

관원들 가운데 희창의 사면을 기뻐하지 않는 사람이 없었다. 백관들은 잔치에 참여하여 즐거움에 취했다. 문왕은 은혜에 감사하고 조정을 벗어나 사흘 동안 거리를 활보하며 벼슬을 과시했다. 백성들은 앞을 다투어 서백의 가마를 보려 했으며 성인이 왔다고 칭송했다.

관직이 오른 문왕을 보고 사람들마다 입을 열어 말

했다.

"충성스럽고 선량한 사람이 오늘 올가미를 벗어났으니, 덕있는 현후의 재앙이 이제야 끝났도다."

이튿날 이른 아침이 되자 대오를 정비한 깃발이 정연하고 창검이 빽빽이 늘어선 한 무리의 군대가 도착하는 것이 보였다.

문왕이 물었다.

"어느 곳의 군대인가?"

양쪽에서 아뢰었다.

"무성왕 황비호 어른이 군사조련을 마치고 돌아오는 길입니다."

문왕은 황망히 말에서 내려 길옆에 서서 등을 굽혀 경의를 표했다. 무성왕은 말에서 내리는 문왕을 보고 서둘러 말에서 내려 문왕을 부르며 말했다.

"대인께서 오시는데 소장이 미처 마차를 피하지 못했으니 용서하소서."

황비호가 또 말했다.

"이제 현왕賢王께서 돌아오셨으니 진실로 모든 사람의 기쁨입니다. 소장이 조용히 아뢸 말씀이 있는데 왕께서 받아주실는지요?"

"삼가 가르침을 따르겠습니다."

"이곳은 저의 왕부王府와 그리 멀지 않으니 보잘것없으나 주안상을 차려 하찮은 성의를 표할까 합니다."

문왕은 신실한 군자이므로 사양하지 않았다.

황비호는 곧 문왕을 모시고 집에 이르러 좌우에게 서둘러 술상을 차리도록 명했다. 두 왕은 주거니 받거니 즐겁게 술을 마시며 각기 충의로운 말을 나누었다.

어느덧 밤이 깊어 등불을 밝혔다. 무성왕은 좌우에게 물러나도록 명하고 나서 말했다.

"오늘 대인의 즐거움은 실로 한없는 복입니다. 다만 오늘날 총신과 간신들은 충성을 가장하여 주색에 빠져 있고 조정의 기강을 바로잡지 않으며, 포락의 형벌로써 선량한 사람들을 내쫓고 채분의 형벌로써 간언하는 신하들의 말을 막고 있습니다. 백성들은 두려워하고 군대는 사방에서 봉기하고 있습니다. 동·남 양쪽에서는 이미 4백여 제후들이 반란을 일으켰으며, 현왕께서는 훌륭한 덕을 지니고도 오히려 유리성에 구금되는 고생을 겪으셨습니다. 지금 특별히 사면된 것은 마치 용이 큰 바다로 돌아가는 것과 같으니 어찌 살피지 않을 수 있겠습니까! 하물며 조정에는 사흘도 지켜지는 조칙이 없는데 현왕께서는 무엇을 자랑하고 다니신단 말입니까? 어찌하여 빨리 올가미에서 벗어나 옛 땅으로 돌아가지 않으십니까? 부자가 다시 상봉하고 부부가 다시 만나는 일이 어찌 아름답지 않겠습니까? 또한 어찌하여 이 그물 속에서 길흉이 일정치 않은 일을 만드시려 하십니까?"

무성왕의 이 몇 마디 말은 문왕에게 뼈와 살을 파고드는 듯한 말이었으니 일어나 감사의 말을 했다.

"대왕께서는 진실로 금석 같은 말씀으로 희창을 깨우쳐 주셨습니다. 이 은혜를 어찌 갚을 수 있겠습니까? 제가 떠나려고 하지만 다섯 개의 관문이 막고 있으니 어찌하면 좋겠습니까?"

황비호가 말했다.

"어렵지 않습니다. 동부는 모두 저희 집에 있습니다."

잠시 뒤 동부銅符와 영전令箭을 꺼내와 문왕에게 건네주고 이어서 의복을 바꿔입고 변장하도록 했다. 그것은 밤에 수색당하지 않고 다섯 개의 관문을 지나는 데 결코 장애가 없도록 한 것이다.

문왕이 고마움을 표했다.

"대왕의 은혜는 참으로 부모와 같으니 어느 때에나 갚을 수 있겠습니까?"

이때는 벌써 두번째 북치는 시각이었다. 무성왕은 부장인 용환龍環과 오현吳賢에게 명하여 조가성의 서문을 열어 문왕이 성을 빠져나가도록 조치했다.

文王誇官逃五關

문왕이 벼슬을 자랑하다가 다섯 관문을 벗어나다

밤을 틈타 조가를 떠난 문왕은 맹진을 지나고 황하를 건넌 뒤 면지를 지나 임동관臨潼關 길을 서둘렀다.

조가성 역의 관리는 문왕이 밤새껏 돌아오지 않자, 마음이 바빠져서 급히 비중 대부의 집에 알렸다. 좌우에서 일제히 비중에게 아뢰었다.

"밖에 역관이 전갈을 갖고 왔습니다. 서백 문왕이 밤이 지나도록 돌아오지 않았는데 어디로 갔는지 모른답니다. 이는 중대사이므로 먼저 아뢰지 않을 수 없습니다."

비중이 듣고는 명했다.

"역관은 물러가도록 하라. 나는 이미 아는 일이다."

비중은 깊이 생각해 보았다.

'일이 이미 나에게 미쳤으니 어떻게 처리해야 할꼬?'

비중은 즉시 당후관堂後官에게 명했다.

"상의할 일이 있으니 우혼 대부를 모셔오도록 하라."

잠시 뒤 우혼이 비중의 집에 도착했다.

비중이 말했다.

"무도한 희창을 현제의 상주에 따라 황상께서 왕으로 봉하셨는데, 이것도 이젠 끝장이오. 누가 생각이나 했겠소? 황상께서 사흘간 벼슬을 자랑하라고 허락하여 오늘이 이틀째인데 희창이 도망을 가 주군의 명을 지키지 않았으니 필시 큰일이 생긴 듯하오. 동쪽·남쪽 두 군데는 이미 오랫동안 반란이 있어왔는데 오늘 다시 희창이 달아났으니 황상께서는 한 가지 근심을 더 얻게 되셨소그려. 지금의 사태를 장차 어찌하면 좋겠소?"

우혼이 말했다.

"현형께서는 염려 마시고 마음을 편히 가지십시오. 우리 두 사람의 일이니 실수가 없을 것입니다. 조정에 나아가 임금을 뵙고 장군들에 명하여 쫓아가 잡아다가, 임금을 속이고 윗사람을 걱정시킨 죄를 들어 저잣거리에서 목을 베어버리면 무슨 걱정이 남겠습니까?"

두 사람은 모의를 마치고 급히 조정으로 들어갔다. 천자는 마침 적성루에서 노닐고 있었는데 모시고 있던 신하가 아뢰었다.

"비중·우혼 두 분이 오셨습니다."

"두 분을 뫼셔라."

천자가 말했다.

"두 경은 무슨 주청할 일이 있기에 들었소?"

비중이 아뢰었다.

"희창은 폐하의 넓고 깊은 은혜를 입었는데, 조정의 명을 좇지 않고 감히 폐하를 속이고 멸시했나이다. 벼슬을 자랑한 다음날 성은에 감사치도 않고 왕작王爵을 알리지도 않은 채 몰래 도망친 것은 필시 몹쓸 생각을 품은 게 틀림없습니다. 본거지로 돌아가 반역의 실마리를 일으킬까 걱정입니다. 신이 전에 천거한 것이 이제 죄를 얻게 될까 두렵습니다. 신들이 미리 아뢰오니 폐하의 결정을 기다릴 뿐입니다."

천자가 노하여 말했다.

"경들은 전에 희창이 충의로워 초하루와 보름에 분향배례하고 천지의 변화에 순응하고 국태민안을 기원한다고 해서 짐이 그를 사면하지 않았소? 그런데 오늘 이같은 일이 벌어졌으니 이는 모두 경들의 경솔함에서 비롯된 잘못이오!"

우혼이 아뢰었다.

"자고로 사람의 마음은 헤아리기 어려워 면전에서는 순종하나 돌아서면 배반합니다. 겉은 알아도 속은 알 수 없고, 혹 속을 안다 해도 그 깊은 마음은 알지 못하니 이른바 '바다가 마르면 그 바닥을 볼 수 있으나 사람은 죽어도 그 마음을 알 수 없다'고 한 것이 그것입니다. 희창이 아직 멀리는 가지 못했을 터이니 폐하께서 명하시어 은파패와 뇌개로 하여금 3천 기병으로 쫓아가 잡아오게 하여 법으로 다스리시면 될 것입니다."

천자는 그들의 주청을 받아들여 명했다.

"속히 은·뇌 두 장군에게 병사를 주어서 추격토록 하라."

신무대장군 은파패와 뇌개는 명을 받들고 무성왕의 저택에 가서 3천 기병을 골라 조가의 서문을 나섰다.

추격병들은 천둥처럼 번개처럼 쫓아갔다.

한편 문왕은 면지를 바라보며 천천히 큰길을 가고 있었다. 분장을 한데다 밤이 되어 그 모습을 알아볼 수 없었다. 문왕은 천천히 가고, 은·뇌 두 장수는 급히 쫓아왔으므로 어느 틈에 따라잡을 수 있게 되었다.

문왕이 문득 고개를 돌려 바라보니 흙먼지가 일며 멀리서 사람의 외치는 소리와 말들의 거친 숨소리가 들려왔다. 문왕은 혼비백산하여 하늘을 우러러 탄식했다.

'무성왕이 비록 나를 위했지만 나는 서두른 탓에 채비조차 단단히 하지 못한 채 밤을 틈타 도망쳐 왔다. 필시 옆 사람들의 상주를 듣고 내가 도망해 온 것이라 여겨 병사를 보내 쫓아온 것이리라. 이번에 잡히면 살아날 방법이 다시는 없을 것이다. 지금처럼 천천히 말을 몰고 앞으로 가는 것만이 이 위기를 벗어날 수 있을 것이다.'

문왕은 숲을 잃은 새처럼 동서남북을 분간할 수 없었다. 마음은 화살처럼 바쁘고 뜻은 구름처럼 급했다. 그리하여 하늘을 우러러 고해도 하늘은 말이 없었다. 고개 숙여 땅에 알려도 땅도 아무 말이 없었다. 단지 채찍을 더하고 고삐나 채어볼 뿐, 말이 구름을 탈 수도, 날개가 생겨 날 수도 없음을 한탄할 수밖에 없었다.

임동관이 불과 20여 리 정도밖에 남지 않았는데, 뒤에서는 군사들이 점점 가까이 다가들었다. 문왕은 실로 위급함에 처해 있는 것이었다.

한편 이때 종남산 운중자는 옥주동의 벽유상에서 그의 영혼을 이용하여 이룡離龍을 지키고 감호坎虎를 감시하고 있었다. 그런데 갑자기 한 생각이 뇌리를 스치고 지나갔다. 운중자가 놀라 산통에서 산개비 하나를 꺼내 길흉을 점쳐보았다.

'아! 서백에게 재액이 가득하여 목전에 위험이 닥쳐드는구나. 오늘 마땅히 그의 부자가 다시 만날 때이니 빈도가 연산燕山에서 한 말을 저버리지 않겠노라!'

운중자는 급히 소리쳤다.

"금하동자는 어디 있느냐? 도원에 가서 네 사형을 모셔오도록 하여라."

금하동자는 명을 받고 도원에 가서 뇌진자雷震子를 데려왔다. 뇌진자가 운중자를 보고 절하고 나서 물었다.

"사부님! 무슨 분부하실 일이라도 있으십니까?"

"뇌진자야! 너의 부친께 곤란이 생겼으니 어서 가서 구해 드리도록 하여라."

"제 부친이라니 누구 말씀이십니까?"

"너의 부친은 바로 서백후 희창이니라. 임동관에서 어려움을 만났으니 호아애虎兒崖 아래로 가서 병기 하나를 찾아오면 내가 비밀병법을 가르쳐 줄 테다. 그것으로 너의 부친을 구할 수 있을 것이니라. 오늘이 바로 너와 부친이 다시 만나는 날인데 지난날 서로 만날 것을 기약했었느니라."

뇌진자가 사부의 명을 따라 호아애 아래에 이르러 사방을 샅샅이 살폈으나 어떤 곳에서도 무슨 물건 하나 찾아낼 수 없었다. 또 어떤 것을 병기라고 하는지도 몰랐다. 뇌진자는 깊이 생각했다.

'내가 너무 서둘렀구나. 병기라고 하면 창·칼·검·갈래창·채찍·도끼·쇠몽둥이·철추 등 실로 여러 가지가 있는데 사부님께서는 그저 병기라고만 하셨으니 무슨 물건인지 통 알 수가 없구나. 다시 동굴로 돌아가서 자세히 여쭤야겠다.'

뇌진자가 막 몸을 돌리려는 순간 갑자기 한 줄기 이상한 냄새가 코뿐만 아니라 가슴속까지 뚫고 들어오는데 어느 곳에서 나는지 알 수가 없었다. 단지 앞쪽 계곡 하나가 느런히 뻗어 있는 것이 보였는데, 흐르는 물소리가 은은한 우렛소리처럼 들렸다.

뇌진자가 보니 그 경치가 너무도 기이했다. 그윽이 깃든 운치, 울창한 회나무와 백양나무, 절벽에 난 대나무, 베틀북처럼 오가는 여우와 토끼들, 다투어 울어대는 학, 또한 숲에는 영지靈芝가 간간이 보였고, 푸른 가지에는 매실이 열려 있었는데, 그 기이한 풍경을 한눈에 다 볼 수가 없었다.

그 속에서 뜻밖에 푸른 잎들 아래로 붉은 은행 두 개

가 눈에 띄었다. 뇌진자는 몹시 기뻐 가파른 절벽을 살필 틈도 없이 칡넝쿨을 잡고 올라가 마침내 그 붉은 은행알 두 개를 손에 넣었다. 냄새를 맡아보니 향기가 코를 진동시켜 마치 감미로운 물이 마음에 스며드는 듯했다. 뇌진자는 곰곰이 생각했다.

'이 붉은 은행알 하나는 내가 먹고, 하나는 가져다가 사부님께 드려야지!'

뇌진자가 그 가운데 한 개를 입에 물었다.

'어쩜 이다지도 향기롭고 달콤할까! 그냥 입에 물고만 있어야지!'

그러나 모르는 새에 이것을 한 입 깨물고 말았다.

'아! 이왕에 깨졌으니 다 먹지 않을 수 없겠군!'

은행알을 먹고 나서 다시 병기를 찾았다. 그런데 모르는 새에 왼쪽 겨드랑이에서 한 줄기 바람소리가 나면서 날개가 길게 나와 땅에까지 닿았다. 뇌진자는 혼비백산하게 놀랐다. 뇌진자는 서둘러 두 손으로 날개를 잡았지만 날개는 계속해서 빠져나왔다. 오른쪽을 막지 못하자 또 한쪽 날개가 나왔다. 깜짝 놀라 뇌진자는 땅바닥에 털썩 주저앉았다.

양쪽에서 모두 날개가 길게 나온 것은 차치하고 얼굴까지도 변하는 것 같았다. 가까운 개울물에 얼굴을 비춰보니 코도 커졌고 얼굴색은 쪽빛 같았다. 머리카락은 붉은 물감을 칠한 듯했고 눈동자는 깊고 맑았는데, 이빨 또한 가로 나서 입술 밖으로 튀어나왔다. 키도 5장丈이나 되었다.

뇌진자는 너무 놀란 나머지 차마 말조차 나오지 않았다. 그때 금하동자가 의아해 하면서 뇌진자 앞으로 다가오면서 불렀다.

"사형, 사부님께서 부르십니다."

"아우! 날 알아보겠나? 날 좀 보게나. 내가 이렇게 변해버렸네."

"사부님께서 변했으리라 말씀하셨습니다. 그런데 어찌된 일입니까?"

금하동자의 눈동자는 휘둥그레져 있었다.

"사부님께서 나보고 호아애에 가서 병기를 찾아와 부친을 구하라고 하시기에 반나절을 찾아도 안 보였는데, 문득 은행알 두 개를 찾아내서 먹지 않았겠나. 그랬더니 이렇게 이상스레 청두홍발靑頭紅髮에 위아래로 이가 쑥 튀어나오고 길게 두 날개까지 생겼다네. 이런 꼴을 하고서 어떻게 사부님을 뵈러갈 수 있겠는가?"

그렇지만 어쩔 수 없는 일. 뇌진자는 무거운 걸음을 옮겨 겨우 옥주동 앞에 이르렀다. 운중자는 뇌진자가 오는 것을 보고는 손바닥을 치며 말했다.

"훌륭하도다, 훌륭해! 나를 따라 동굴로 들어오너라."

뇌진자는 사부를 따라 도원 안에 이르렀다. 운중자는 금막대기 하나를 뇌진자에게 전하며 위아래로 날았다. 그 나는 소리가 비바람소리 같았고, 진퇴하며 용과 뱀의 자세를 취하는가 하면, 사나운 호랑이가 고개를 흔들 듯 몸을 돌리고, 교룡이 바다에서 나오듯 솟구쳤다. 포효소리와 번쩍이는 섬광에 공중이 한바탕 진동하여 좌우로 온갖 꽃송이들이 흩날렸다.

운중자는 동굴 속으로 뇌진자를 불러들여 그것을 숙달시키고 나서, 그의 두 날개 중 왼쪽에는 '풍風'자를, 오른쪽에는 '뇌雷'자를 쓰고 한 차례 주문을 외웠다.

뇌진자는 한동안 날아올라 하늘에 닿았다. 아래를 내려다보니 두 날개가 펄럭이는데 공중에는 바람과 우렛소리가 가득했다. 뇌진자는 땅으로 내려와 몸을 바로 하여 운중자에게 절하고 감사의 말을 아뢰었다.

"사부님의 현묘한 도를 제게 전하시어 부친을 재난에서 구할 수 있게 해주시니 이 은혜 참으로 망극합니다."

"너는 속히 임동관으로 가서 네 부친 서백후 희창을 구하라. 지체없이 속히 다녀오도록 하여라. 너는 부친을 구하여 5관關까지만 모셔다 드려야지 부친과 같이 서기로 가서는 안된다. 또 천자의 장수를 상하게 해서도 안된다. 공을 이루는 즉시 종남산으로 돌아오면 네게 다시 새로운 도술을 전해 주겠다. 나중에는 네 형제들이 모두 함께 모이는 날도 있을 것이다."

뇌진자가 동부를 나와 두 날개로 날기 시작하여 삽시간에 임동관까지 이르렀다. 한 구릉을 살펴보다가 그곳에 내려 잠시 두리번거렸으나 아무런 기척이 없었다. 뇌진자는 혼자 생각했다.

'아! 내가 또 서둘렀군. 사부님께 서백후 문왕이 어떤 모습을 하신 분인지 묻질 않았으니 어찌 알아볼 수 있겠는가?'

생각이 채 끝나기도 전에 한 사람이 그곳으로 다가왔다. 푸른 분장에 전립을 쓰고, 어떤 표시가 있는 검은 옷을 입고, 백마를 탄 채 날듯이 다가오고 있었다. 뇌진자가 스스로에게 물었다.

'이 사람이 나의 부친은 아닐까?'

이어서 큰소리로 불렀다.

"산 아래 있는 분이 서백후 희창이십니까?"

문왕은 자기를 부르는 소리를 듣자 말을 멈추고 어떤 사람이 부르는지 고개를 들어 살폈으나 사람은 보이지 않고 다만 소리만이 들려올 뿐이었다. 문왕이 탄식하며 말했다.

"내 명도 이제 끝이로구나! 소리만 들리고 모습은 아니 뵈니 이는 필시 귀신이 희롱하는 것이겠지."

본래 뇌진자는 얼굴이 쪽빛인데다가 몸까지 물빛이었으므로 산색과 서로 섞이자 문왕의 눈에 그 모습이 보이지 않았던 것이다. 뇌진자는 문왕이 말을 멈추는 것을 보고는 아무 말 없이 다가가 다시 또 소리쳤다.

"당신이 서백후 희姬 전하시죠?

문왕이 고개를 드니 갑자기 한 사람이 보였는데, 쪽빛 같은 얼굴에 붉은 머리카락, 큰 입에 툭 튀어나온 이빨을 하고 있었다. 또 구리방울 같은 눈에서는 빛이 번쩍였다.

문왕은 너무 놀라 혼이 다 달아날 정도였다. 문왕은 스스로 생각했다.

'만일 귀신이라면 사람소리를 내지 않을 테고, 내가 여기에 이르렀으니 피할 수도 없잖은가. 나를 부르니 어디 한번 만나보기나 하자!'

문왕은 말을 몰아 산으로 올라가 그에게 물었다.

"댁은 뉘시기에 내가 희창이라는 것을 아시오?"

뇌진자가 황급히 예를 올리고 말했다.

"부왕! 소자가 늦어 부왕께서 놀라셨나 봅니다. 소자

의 불효를 용서하소서."

"댁은 뭔가 잘못 알고 계신가 보오. 나 희창은 전혀 안면이 없는데 어찌 나를 아버지라 부르오?"

"소자가 바로 연산에서 거두어주신 뇌진자입니다."

문왕이 깜짝 놀라 말했다.

"아들아, 네가 어찌 이런 모습을 하고 있단 말이냐? 너는 종남산의 운중자가 데리고 산으로 갔고 올해로 벌써 7년째인데 네가 어찌 이곳까지 왔단 말이냐?"

"소자는 스승의 뜻을 받들어 부왕께서 5관을 빠져나오시도록 돕고자 여기에 이르렀습니다."

문왕이 듣고 나서 크게 놀라 속으로 생각했다.

'내가 관을 도망쳤으니 이미 스스로 조정에 죄를 지은 것이다. 그런데 이 아들의 모습을 볼진대 보통사람은 아니고 필시 추격해 오는 병사들을 모두 죽여버릴 것이다. 그리되면 내가 죄악을 더하는 꼴이 되지 않겠는가? 내가 잘 설득하여 그의 흉포함을 막아야 한다.'

문왕이 그를 불렀다.

"뇌진자야, 너는 천자의 장수를 다치게 해서는 안 된다. 그들은 왕명을 받들고 온 것이다. 내가 관을 도망쳐 온 것은 왕명을 따르지 않은 것이고, 천자를 버리고 서쪽으로 돌아가는 것도 불충이다. 그런데도 살아 있는 것은 지금 천자의 큰 은혜를 입은 것이다. 네가 만일 조정의 명을 받은 관리를 다치게 한다면, 너는 아비를 구하는 것이 아니라 도리어 아비를 해하는 일이 된다."

"제 사부께서도 이미 제게 분부하셨습니다. 장수의 생명은 다치게 하지 말고 단지 아버님께서 5관을 탈출하시도록 도우라고 말입니다. 소자는 그들에게 돌아가도록 권하겠습니다."

그때 저쪽으로부터 추격병들이 흙먼지를 일으키며 달려오는 것이 보였다. 깃발을 펄럭이며 징 치고 북 두드리며 일제히 함성을 질러대니 가히 해를 가릴 만했다. 뇌진자는 곧 겨드랑이 밑의 날개를 펼쳐 공중으로 날아올랐다.

뇌진자는 추격병 앞쪽으로 날아가 땅으로 내려서서 금막대기 하나를 손에 쥔 채 큰 소리로 외쳤다.

"더 이상은 오지 말라!"

군졸들이 은파패·뇌개에게 그 모습을 전했다.

"장군, 앞쪽에 악신 하나가 길을 막고 서 있는데 흉측하기 이를 데 없습니다."

은과 뇌 두 장수는 큰소리로 물러가라고 외쳤다. 두 장수가 앞을 향해 말을 몰아와 뇌진자와 맞닥트렸다.

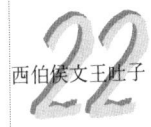

西伯侯文王吐子

서백후 문왕이 아들을 토해내다

두 장수가 앞쪽에 당도하여 뇌진자의 모습을 보니, 과연 부하들의 말이 사실이었다.

은파패와 뇌개는 호기있게 날카로운 소리로 물었다.

"네놈이 누구인데 감히 길을 막아서느냐?"

뇌진자가 대답했다.

"나는 서백 문왕의 백번째 아들 뇌진자외다. 부왕께서는 지금 유리羑里에 갇힌 채 7년이나 명령을 지키며 출감할 때를 기다리다가 이제 귀향하려 하시는데 무슨 일로 또 추격해 와 이래라 저래라 하니 이것이 어찌 천자의 할 바이겠소!"

뇌진자는 천연스럽게 부왕을 잘 아는 것처럼 말했다.

"이 때문에 나는 스승의 뜻을 받들고 하산하여 부왕이 귀국하는 것을 특별히 영접하면서 우리 부자가 서로 다시 만나게 되었소. 당신들은 어서 돌아가시오. 내 스승께서 분부하시기를 인간의 목숨은 결코 상하게 하지 말라고 하셨으니 당신들을 그냥 돌려보낼 생각이오."

은파패가 크게 비웃으며 말했다.

"못된 놈 같으니! 어디에다 함부로 입을 놀려 삼군을 미혹하며 나를 속이려 해!"

말이 끝나기가 무섭게 그는 말을 몰아 칼을 휘두르며 공격해 왔다.

뇌진자는 수중의 금막대기를 곤추 잡으면서 말했다.

"오지 마시오! 당신이 필시 나와 자웅을 겨루고 싶은가 본데, 그것도 좋소만 부왕의 말씀과 사부님의 명을 거역할 수 없으니 내가 한 가지 당신들한테 보여줄 터이니 보기나 하시오."

뇌진자는 겨드랑이의 날개를 펴서 공중으로 날아올라 바람과 우렛소리를 내더니 발로 하늘을 밟고 아래를 내려다보다가 서쪽에 산부리 하나가 있는 것을 발견하고는 쏜살같이 날아가면서 말했다.

"내가 막대기로 이 산부리를 한 번 쳐보일 터이니 잘 보시오."

한차례 우렁찬 소리가 나더니 이내 산부리 절반이 굴러 떨어졌다. 뇌진자가 몸을 돌려 땅으로 내려와 두 장수에게 말했다.

"당신들 머리가 과연 이 산만큼이나 단단하오?"

두 장수는 그만 혼이 다 빠질 지경이었다.

"뇌진자! 당신 말대로 조가로 말머리를 돌리겠소. 당신도 돌아가시오."

은·뇌 두 장수는 그 광경에 도저히 그를 이길 수 없다고 여겨 부득이 돌아갈 수밖에 없었던 것이다.

뇌진자는 다시 산으로 올라와 부왕을 뵈었다. 문왕도 혼이 빠져나갈 정도로 놀랐다.

뇌진자가 말했다.

"부왕의 명을 받들어 쫓던 두 장수 은파패와 뇌개는 소자가 좋은 말로 타일러 돌려보냈습니다. 이제는 소자가 부왕을 5관에서 모시고 나가겠습니다."

"몸에 지닌 동부鋼符와 영전令箭을 관에서 맞춰보아야 관을 나갈 수 있을 텐데."

영전은 명령전달 증거용으로 만든 화살모양의 수기手旗이다.

"부왕께서는 그 같은 걱정일랑 마소서. 만일 동부를 맞춰본다면 아버님께서는 돌아갈 시기를 잃게 됩니다. 사태가 급박하여 뒤에는 다시 쫓아오는 병사가 있을 터이니 결국 어쩔 수 없이 편법을 쓸 수밖에 없습니다. 그러니 소자의 등에 업히소서. 일시에 5관을 날아 빠져나갈 터이니 그 점은 염려 마소서."

"네 하는 말이 맞기는 하다만, 그런데 이 말은 어찌 내보낼 수 있겠느냐?"

"부왕께서 관을 빠져 나가실 일에 비한다면 마필의 일은 지극히 사소한 일입니다."

"이 말은 나와 7년이나 함께 환난을 겪었는데, 어찌 하루아침에 버릴 수 있단 말이냐?"

"일이 이미 여기까지 이르렀는데 어찌 이런 일로 마음을 쓰십니까? 작은 것을 버리고 큰 것을 온전히 하는 것이 마땅할 듯싶습니다.

문왕은 앞으로 나아가 말을 어루만지며 탄식했다.

"아, 내가 못나지만 않았다면 너를 데리고 관을 나갈 텐데. 추격병이 다시 이르면 내 목숨도 구하기가 어렵구나. 이제 너와 헤어지게 되었으니 네가 가고 싶은 데로 가서 좋은 주인을 만나거라."

문왕이 말을 마치고 주르륵 눈물을 흘리며 말과 헤

어졌다.

뇌진자가 재촉했다.

"부왕께서는 서두르소서. 오래 지체할 수 없습니다."

문왕이 뇌진자의 등에 엎드려 두 눈을 꼭 감았다. 바람소리가 귀에 울리는가 싶더니 얼마 안되어 이미 5관을 빠져나와 금계령에 도착해 있었다.

뇌진자가 말했다.

"부왕! 이미 5관을 빠져나왔습니다."

문왕이 살며시 두 눈을 떠보니 낯익은 곳이 아닌가! 크게 기뻐하며 말했다.

"오늘 다시 내 고향땅을 밟는 것은 오직 내 아들의 힘이로다!"

"부왕께서는 앞길을 보중하소서! 저는 여기서 돌아가야 됩니다."

문왕이 깜짝 놀라 물었다.

"아니? 중도에 나를 버리다니, 그게 무슨 말이냐?"

뇌진자가 말했다.

"사부님의 명에 따라 부왕께서 관을 빠져나오실 수 있도록 도와드리고는 곧 산속 동굴로 돌아가야 합니다. 지금 감히 사부님의 말씀을 어긴다면 큰 죄를 짓게 됩니다. 부왕께서는 먼저 본국으로 돌아가십시오. 소자는 도술을 더욱 온전히 배워 머지않아 하산할 것이니 그때 다시 존안을 뵙겠습니다."

뇌진자가 머리를 조아리며 눈물로 작별을 고했다.

'세상사 온갖 슬픔과 고통 있다지만, 사별과 생이별보다 더한 것 없네'라는 말이 바로 이것이었다. 7년 만에 만난 아들을 그대로 돌려보내는 희창의 마음도 꼭 그와 같았다.

뇌진자가 훌쩍 떠나가자 홀로 남은 문왕은 한 필의 말조차 없이 꼬박 하루를 걸었다. 늙은 문왕으로서는 발걸음을 떼기가 몹시 어려웠다.

저물녘이 되어 겨우 어느 객사 하나를 발견했다. 문왕은 이곳에서 하룻밤을 묵고 다음날 길을 떠날 요량을 했으나 주머니에는 돈 한 푼도 들어 있지 않았다.

객사의 심부름꾼 아이가 말했다.

"방값이며 음식값을 왜 한 푼도 주지 않으십니까?"

문왕이 말했다.

"빈털터리로 이곳에 도착해서 그러니 잠시 적어두거라. 서기에 도착하는 대로 내가 사람을 시켜 이자까지 보태 보내주겠다."

아이가 화를 내며 말했다.

"이곳은 다른 곳과 달라요. 서기를 들먹이며 야비하게

거짓말 마세요. 어서 돈을 꺼내 깨끗이 청산하고 가도록 하세요. 만일 질질 끌면 서기로 데려가 산의생 나으리께 보일 거예요. 그때는 후회해도 늦는다고요."

문왕이 말했다.

"내 결코 신의를 저버리지 않을 것이다."

이때 마침 객사 주인이 나와 물었다.

"웬일로 이리 소란스러우냐?"

심부름하는 아이가 자초지종을 쭉 얘기했다. 주인은 문왕이 비록 나이가 들었지만 정신이나 외모가 비범함을 보고 물었다.

"댁은 무슨 일로 서기에 오셨습니까? 여비도 한 푼 없이 말입니다. 제가 댁을 알지 못하는데 어찌 밥값을 외상으로 적어두겠습니까? 그러나 사실대로만 잘 말해 주신다면 외상으로 적어놓고 보내드리겠습니다."

그제야 문왕이 정체를 밝혔다.

"주인장, 내가 다름 아닌 서백후외다. 유리에 7년간 갇혀 있다가 성은을 입어 사면받고 귀국하는 길이오만, 황급히 떠나느라 미처 주머니 속을 채울 틈이 없었소. 며칠만 외상으로 적어두면 내 서기에 도착했다가 사람을 보내 갚도록 하겠소."

주인은 서백후라는 소리를 듣고 황망히 무릎을 꿇고

말했다.

"대왕이시여! 소인의 눈이 어두워 큰 죄를 지었나이다! 대왕께서 다시 안으로 드신다면 성심을 다해 대접하고 나서 소인이 직접 대왕을 모시겠나이다."

"주인장의 성함은 어찌 되는가?"

"신의 이름은 신걸申傑이오며 5대째 이곳에서 살고 있습니다."

문왕이 크게 기뻐하며 신걸에게 물었다.

"그대에게 말이 있다면 한 필만 내게 빌려주게나. 내가 잘 타고 갔다가 도착하기를 기다려 반드시 후사토록 하겠네."

"저희는 모두 가난한데 어디에 말이 있겠습니까? 단지 집 아래에 밀가루 빻을 때 쓰는 나귀가 있는데, 안장과 고삐를 수습하면 대왕께서 잠시 앞길 가시는 데 쓰실 수 있을까 합니다. 소인이 직접 모시고 따르겠나이다."

문왕이 금계령을 떠나 수양산首陽山을 지났다. 그렇게 계속 이른 새벽에 떠나 밤늦어서야 잠자리에 드는 식으로 길을 나갔다.

때는 마침 늦은 가을 날씨여서 산들산들 바람에 오동잎이 나부끼며 비취빛 단풍나무숲이 보여, 경치와 풍물이 참으로 볼만했다. 그러나 어찌하랴! 철새의 슬픔은 바람을 타고 귀뚜라미는 슬피 우는 것을! 하물며 서백은 오랫동안 고향을 떠났다가 문득 이런 경치를 보게 되니 마음이 어찌 편하겠는가? 속히 서기에 이르러 모자와 부부간의 재회로 근심어린 마음을 위로하지 못하는 것을 한탄할 뿐이었다.

한편 문왕의 모친 태강太姜은 궁중에서 서백을 생각하고 있었는데, 홀연히 세 줄기 바람이 불더니 이내 바람 속에서 큰소리가 들려왔다. 태강은 시녀를 시켜 분향케 하고 동전을 던져 하늘의 운수를 헤아려 보니, 서백후가 이미 서기에 이르렀다는 것을 알게 되었다. 태강은 크게 기뻐하며 서둘러 백관과 여러 손자들에게 전령을 보내 서백후를 영접토록 지시했다.

문무백관과 공자들은 더할 나위없이 기뻐했다. 서기의 백성들은 양을 끌고 술을 지고 갔으며 집집마다 향을 사르니 그 연기가 길을 덮었다. 문무백관과 여러 공자들은 모두 붉은색 길복吉服을 입었다. 이때 살붙이 친척들이 모두 한자리에 모이고 용과 호랑이가 재회하니 기쁜 기색이 배로 증가했다.

한편 신걸과 동행한 문왕은 서기산에 이르러 아득한

길을 돌아오니 전과 다름없는 고향동산이 보였다. 문왕은 어느새 마음이 슬퍼졌다.

'옛날 상商나라에 조회하러 갔다가 이처럼 큰 어려움을 만났는데 뜻하지 않게 오늘 돌아오게 되었구나. 어느덧 7년 세월이로구나! 청산은 의구한데 사람은 옛사람이 아니로다!'

문왕이 스스로 탄식하며 저도 몰래 주르륵 눈물을 흘렸다. 그때 두 개의 붉은 깃발이 펄럭이며 말발굽 소리도 요란하게 한 무리의 인마가 빽빽이 몰려오는 것이 보였다. 덜커덩! 문왕의 마음속은 놀라움만이 있었다.

'이곳에 추격군이 있을 리 없는데?'

과연 그들은 추격군이 아니었다. 왼쪽에는 대장군 남궁괄이, 오른쪽에는 상대부 산의생이 신갑辛甲·신면辛免·태전太顚·굉요閎夭·기공祁恭·윤적尹籍 등 4현賢 8준俊 36걸傑을 이끌고 길옆에 엎드리는 것이 보였다. 둘째아들 희발姬發이 나와 나귀 앞에서 엎드려 절하면서 말했다.

"부왕께서 이국에 갇혀계신 지 오래건만, 자식된 몸으로 환란을 나누어 대신할 수 없었으니 천지간에 참으로 큰 죄인입니다. 부왕의 하해와도 같은 용서를 빌 뿐입니다. 오늘 다시 부왕의 존안을 뵙게 되오니 소자의 기쁨을 이길 수 없습니다!"

문왕은 여러 문무백관과 세자들을 보자 흐르는 눈물을 채 닦을 겨를이 없었다. 왕이 여러 신하들을 보고 말했다.

"나로서도 오늘은 참으로 슬픔을 이길 수가 없구려. 내게는 이미 집이 없으면서도 집이 있었고 나라가 없으면서도 나라가 있었소. 신하가 없으면서도 신하가 있었고 자식이 없으면서도 자식이 있었기에, 몸은 비록 7년간 유리에 갇혀 있었어도 늙어 죽는 것을 달게 여길 수 있었소. 오늘 다행히 하늘의 해를 다시 보고 그대들과 다시 모이는 천운을 얻었는데도 오히려 처량하게 느껴지는 것은 어인 연고일까?"

대부 산의생이 아뢰었다.

"옛날 성탕께서도 하대夏臺에 갇히셨다가 어느 날 나라로 돌아와 천하를 크게 다스리셨습니다. 오늘 주군께서 귀국하셨으니 더욱 덕정을 펴시고 민생을 돌보시며 때를 기다려 움직이신다면, 어찌 금일의 유리를 하대가 아니라고 하겠습니까?"

"대부의 말은 짐을 위하는 말이 아니고, 또한 신하로서 윗사람을 받드는 도리도 아니오. 나는 상도商都에 죄를 지었지만 성은을 입어 갇혀 있었을 뿐 죽임을 당하지 않았던 것이오. 비록 7년간 갇혀 있었지만 마침 천자의 호탕하게 넓으신 은혜를 입게 되었으니 그 무엇으로도 이를 보답할 수 없을 것이오. 나중에 또 문왕이라는 작위를 내리시고, 황월黃鉞과 백모白旄를 하사하시어 특별히 정벌에 전념케 하시더니 나를 사면하시어 귀국케 하셨소. 이 얼마나 크신 은혜란 말이오!"

'백모'는 얼룩소 꼬리를 깃대에 단 일종의 의장용 깃발을 말한다.

문왕은 점점 격앙되어 갔다.

"그러니 마땅히 신하의 충절을 다하여 나라에 헌신하는 것만이 그나마 은혜의 만분의 일이라도 갚을 수 있는 길이 될 것이오. 대부가 어찌된 연고로 이 같은 말을 하여 여러 문무백관들로 하여금 불초한 마음을 일으키게 한단 말이오?"

모두들 기뻐하며 승복했다. 희발이 앞으로 다가가 아뢰었다.

"부왕께서는 옷을 갈아입으시고 수레에 오르소서."

문왕이 그 말대로 어의로 갈아입고 수레에 올랐다. 거리마다 환성이 가득했고 즐거이 생황을 연주했다. 집집마다 향을 사르고 문에는 비단과 종이 등으로 아름답게 꾸몄다.

문왕은 수레에 단정히 앉아 있었고 양편의 집사관들

은 행렬을 이루어 깃발로 해를 가렸다. 뭇 백성이 큰소리로 외쳤다.

"7년간 멀리 떨어져 계셔서 대왕의 존안을 뵙지 못했었는데 오늘 마침내 돌아오셨습니다. 만백성들은 그 동안 대왕의 존안을 직접 뵙고 싶어 했으니 백성들을 기쁘게 하소서."

문왕은 말몰이에게 천천히 말을 몰게 했다. 백성들의 환성이 크게 울려 퍼졌다.

"오늘 서기에 군주가 오셨도다!"

사람들마다 기뻐했다. 문왕이 소룡산小龍山 입구를 나서자 양편으로 문무백관과 98명의 아들이 연이어 보였는데, 오직 장자인 백읍고만이 보이지 않았다.

'오호라! 큰자식 백읍고'

문득 장 담가져 젓갈이 된 아들의 고통과 유리에서 그 아들의 살코기를 먹지 않으면 안되었던 일들이 생각나 부지불식간에 비 오듯 눈물이 흘러내렸다. 문왕은 소매를 들어 얼굴을 가리고 노래를 지었다.

신하의 충절 다하여 어지를 받들고 상商으로 가서,
임금께 직간하여 기강을 바로잡고자 했지.
아첨꾼 신하의 모함에 빠져 유리에 갇혔으나,

하늘이 내리신 재앙이라 감히 원망치 않았네.
효성스런 읍고는 아비 죄를 속죄하려 했으나,
가야금 소리 속에 충성되고 착한 아들 억울하게 죽었네.
아들의 살을 먹으니 아픔이 골수에 사무쳤으나,
성은을 입어 문왕의 자리까지 이르렀네.
벼슬을 자랑하다 곤경을 빠져나와 길에서 뇌진자를 만나,
목숨을 건져 간신히 내 강토로 돌아왔네.
오늘 서토로 돌아오니 어미와 자식 한자리에 모였건만,
오로지 읍고만 아니 보이니 애간장이 끊어지도다.

문왕은 노래를 다 짓고 나서 큰소리로 외쳤다.
"고통스러워 죽을 것만 같구나!"

그러고 나서 달리던 말에서 떨어졌는데 얼굴이 백지장 같았다. 당황한 세자와 문무백관들이 급히 부축해 일으켜 품에 안고 속히 차탕을 몇 모금 넘기게 했다. 차탕茶湯은 기장이나 수수가루에 뜨거운 물을 부어 단맛을 낸 음료이다.

문왕이 알 수 없는 소리를 중얼거리더니 문득 고기 한 덩이를 땅바닥에 토해냈다. 그 고깃덩어리가 바닥에서 한 번 구르더니 네 개의 다리가 생기고 두 귀가 자라났다. 연달아 세 차례를 토했는데 모두 세 마리의 토끼가 되어 서쪽으로 달아났다.

신하들이 왕을 부축해 수레에 태웠다.

서기성에 이르러 궐문을 통해 대전에 닿았다. 공자 희발이 문왕을 부축해 후궁에 들어가 탕약을 달였다. 정성이 있었던지 하루가 안되어 문왕의 병은 다 나았다.

그날 대전에 올라 문무백관들의 축하인사가 끝나자 문왕은 상대부 산의생을 들라 하여 말했다.

"짐이 천자를 뵌 뒤 7년간의 재액을 만났는데, 뜻밖에 장자 백읍고가 짐으로 하여 도륙을 당했으나 이는 다 운명이었네. 성은을 입고 특별히 사면받고 귀국하게 되었는데, 천자께서 문왕의 지위까지 더해 주셨는가 하면 사흘간 벼슬을 자랑하도록 해주셨단 말이지. 또한 진국무성왕鎭國武成王은 크신 덕으로 신임장을 주어 내가 관을 빠져 나가도록 해주셨다네. 그런데 뜻밖에 은·뇌 두 장수가 천자의 명을 받들고 추격해 와 짐은 힘과 기운이 다해 어찌할 수가 없었다네. 속수무책으로 죽음을 기다리고 있을 때 천만다행으로 옛날에 짐이 상으로 가던 도중에 연산에서 거두었던 아들이 찾아왔지 않겠나. 그 아들은 길에서 만난 종남산의 연기도사 운중자가 데리고 가서 이름을 뇌진이라 지었는데 어느새 7년이라는 세월이 흘렀더군. 추격병이 코앞에 닥쳤을 때 그 아이가 나를 구해 5관을 탈출하게 해줄 줄을 누가 생각이나 했었겠나?"

산의생이 무릎을 꿇고 아뢰었다.

"주군의 덕이 천하를 싸안고 어지심이 사방을 에워싸니, 천하를 삼분하여 그 가운데 둘이 주周땅에 돌아와 만민이 그 평강을 누리고 있으며 백성들마다 우러르지 않는 이가 없었습니다. 자고로 '근심을 이기는 자는 백 가지 복을 낳고, 근심을 만드는 자는 백 가지 재앙을 남긴다'고 했습니다. 주군께서 이제 서토로 돌아오신 것은 마치 용이 대해로 돌아오고 호랑이가 심산에 깃든 것과 같으니, 마땅히 시기를 살펴 움직이실 때를 기다리셔야 합니다. 하물며 이미 천하의 4백 제후가 돌아섰고, 천자의 방탕무도함은 처를 살해하고 자식을 목 베는 데까지 이르렀으며, 포락과 채분의 형벌을 만드는가 하면, 대신을 절여죽이고, 선왕의 전례를 폐하고, 주지육림을 조성하고, 중궁을 살해하고, 달기의 참언만 듣고 백성들을 내팽개치고, 죄인은 친애하고 충신은 주살하면서 주색에 깊이 빠져 있나이다. 신이 생각건대 조가는 오래잖아 다른 사람 손에 넘어가고 말 것입니다."

말이 채 끝나기도 전에 대전 서쪽에서 한 사람이 나서서 크게 외쳤다.

"오늘 대왕께서 고향땅에 돌아오셨으니, 마땅히 공자

公子(공자)께서 절여 죽임당한 원수를 갚아야만 합니다! 지금 서기에는 어엿한 병사 40만과 뛰어난 장수가 60명이나 있으니, 당장 5관을 치고 들어가 비중과 달기를 저잣거리에서 목 베고, 혼미한 임금을 폐위하여 따로 밝은 임금을 세움으로써 천하의 분노를 씻어내시옵소서!"

문왕이 듣고 불쾌한 빛을 띠면서 말했다.

"짐은 두 경들을 충의지사로 여겨 서토의 안녕을 맡겼었네. 그런데 오늘 불충한 말을 하니, 이는 스스로 용서받지 못할 처지에 있으면서도 오히려 감히 원수를 갚아야 한다는 말을 하고 있는 격이야! 천자께서는 만국의 우두머리이신데, 설사 잘못이 있다 해도 신하로서 어찌 그런 말을 입 밖에 내며 더군다나 어디에서 감히 임금의 잘못을 바로잡겠다는 것이야?"

왕의 목소리는 격앙되어 있었다.

"설령 아비에게 실수가 있다 해도 아들이 감히 말할 수 없는 것이거늘, 하물며 아비의 실수를 바로잡겠다는 말인가? '임금이 신하에게 죽으라 하면 죽지 아니할 수 없고, 아비가 자식에게 죽으라 하면 죽지 아니할 수 없다'는 말도 모르는가? 나는 임금께 직간했기 때문에 유리에 갇히게 되었고 비록 7년간의 곤고함이 있었지만 이는 나의 허물 때문인데, 어찌 감히 임금을 원망하고

자기에게 선을 돌리겠는가? 옛말에 '군자는 어려움을 봐도 피하지 않고 오로지 천명만을 좇는다'고 했지 않은가. 지금 나는 황상의 은혜로 문왕이라는 작위를 받고 서토로 영예로이 돌아오게 되었음을 감사하고 있을 뿐이야. 앞으로 두 경은 절대로 의리와 인륜에 거슬려 만세에 웃음꺼리를 남기지 않도록 하라."

남궁괄이 말했다.

"공자께서 공물을 바치고 아버지를 대신하여 속죄하셨는데, 죽을죄에 해당하는 역적모의가 없었음에도 어찌하여 시체를 절이기까지 하는 참변을 당해야 했는지 참으로 용납하기 어렵습니다. 그러므로 무도함을 응당 토벌함으로써 천하를 바르게 하는 것이야말로 만민의 마음입니다."

왕이 말했다.

"경은 단지 한때의 생각만을 고집하는데 이것이 바로 내 아들이 죽음을 자초한 원인이었네. 짐이 떠날 때 여러 아들과 문무백관들에게 얘기한 적이 있었네. 짐이 하늘의 운수를 헤아려 보니 7년의 재난을 치러야 했으므로 결코 갑자기 문안하러 와서는 안된다고 했으며, 7년의 재난이 다한 뒤에야 자연히 영예롭게 돌아올 것이라 했지 않은가? 그런데도 백읍고는 아비의 가르침을 따르지 않은 채 스스로 교만을 부려 충효와 절개만 고집하고 임기응변할 줄을 몰랐단 말이지. 또한 준비도 없이 나아가고 물러설 때와 자기의 부덕과 용렬함이나 성정의 치우침 등을 알지 못하고 하늘의 때를 따르지 않아 그같이 몸뚱이를 절임당하는 화를 만난 것이었네. 천자께서 도리에 어긋난 행동을 하시고 천하제후들이 저마다 공론을 가지고 있다 해도, 어찌 경들이 반란의 우두머리가 되어 강폭하게 멸망에 앞장서겠다는 것이야? 옛말에도 '오륜 가운데 오직 임금과 어버이의 은혜를 입음이 가장 중하고, 백행의 근본은 충효의忠孝義를 지키는 것이 으뜸이다'고 일렀지 않은가?"

어느덧 문왕의 목소리는 온유해져 갔다.

"짐이 귀국했으니 마땅히 풍속의 교화를 우선으로 삼고 백성들이 풍족히 살도록 힘쓰면, 백성들이 평강을 누리게 되고 그리하면 짐과 경들도 함께 태평을 누릴 수 있단 말이네. 그런데 어찌하여 백성을 수고롭게 하고 재물을 상하게 하여 백성을 도탄에 빠뜨린단 말인가? 그것을 두고 어디 공을 이루었다 하겠나?"

남궁괄과 산의생이 문왕의 가르침을 듣고 머리를 조아려 감사를 표했다.

문왕이 다시 말했다.

"짐은 서기의 정남쪽에 '영대靈臺'라는 누대를 하나 지을 생각이네. 토목공사는 제후가 할 수 있는 일이 아니므로 백성들을 수고롭고 다치게 할까봐 걱정이 되기도 하지만 그러나 이 영대를 지음으로써 재앙과 상서로운 조짐들에 대처할 수 있을 것이라 생각되네."

산의생이 아뢰었다.

"대왕께서 이 영대를 지으시는 것은 재앙과 상서로운 조짐에 대응하기 위해서이고 유희의 즐거움을 위해서가 아닌데, 어찌 백성을 수고롭게 하는 것이겠습니까? 또한 대왕의 인애하심으로 그 공덕이 곤충과 초목에게까지 미치고 만백성들이 모두 그 은택을 입고 있습니다. 만약 대왕께서 백성들의 힘을 가볍게 쓰지 않고 은전 한 냥씩 임금으로 지급하시며 백성들이 편한 대로 맡겨두고 그들이 하고자 하는 바를 따라 강요하지 않으신다면, 이 또한 일함에 해가 없을 것입니다."

문왕이 크게 기뻐하며 말했다.

"대부의 그 말이 짐의 뜻과 똑같구나."

그리하여 각 문마다 이 사실을 써붙여 게시하게 했다.

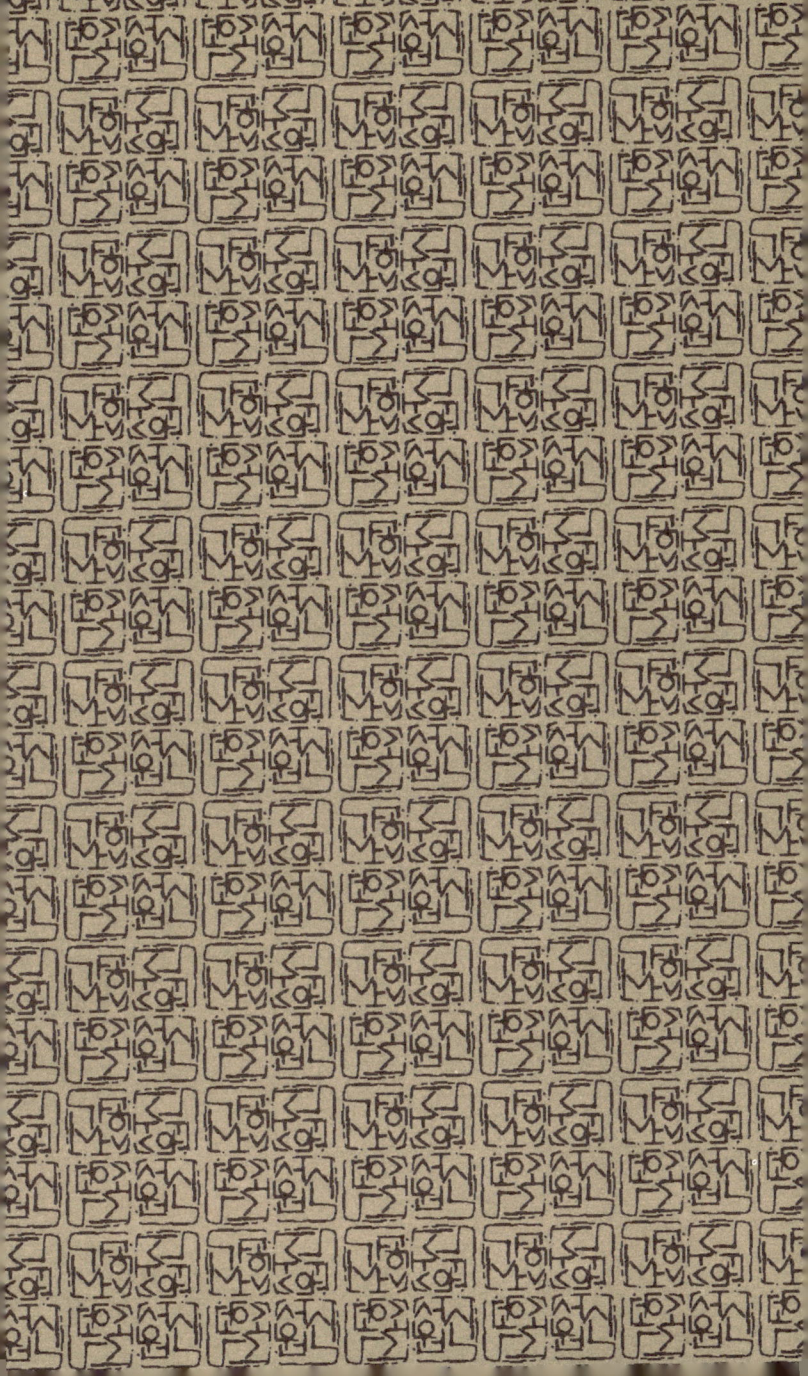